郑晓锋 著

河山纪行

HE
SHAN
JI
XING

济南出版社

图书在版编目（CIP）数据

河山纪行 / 郑骁锋著. -- 济南：济南出版社，2024.8. -- ISBN 978-7-5488-6728-9

Ⅰ.I267

中国国家版本馆CIP数据核字第2024QA4082号

河山纪行
HESHAN JIXING

郑骁锋 著

出 版 人 谢金岭
责任编辑 张智慧 张 倩
装帧设计 张 倩

出版发行 济南出版社
地　　址 山东省济南市二环南路1号（250002）
总 编 室 0531-86131715
印　　刷 济南鲁艺彩印有限公司
版　　次 2024年9月第1版
印　　次 2024年9月第1次印刷
开　　本 170mm×220mm 16开
总 印 张 16.75
总 字 数 150千字
书　　号 ISBN 978-7-5488-6728-9
总 定 价 78.00元

如有印装质量问题 请与出版社出版部联系调换
电话：0531-86131736

版权所有 盗版必究

河山记

序
刺探河山
CITAN HESHAN

河山纪行
HESHAN JIXING

并不是所有的旅行都很轻松。

因为，山河大地能被我们看见的，往往只是时过境迁的遗蜕。

就像一枰前朝的枯棋，即便黑白依然分明，却早已是刀枪入库，恩仇消散。

人走茶凉。一局弈手退场的龙争虎斗，究竟能被复盘几步——陵谷沧桑之后，我们还能记得多少这片河山上曾经发生过的运筹帷幄、纵横捭阖？

于是，每次踏上高铁，我都有一种驶向旧战场的感觉。很多时候，我还会把自己想象成一个探子，身上暗藏着火漆封口的密令。

大江大山、老城老庙、古墓石窟……

过去的十多年，我反复在各种秘境中穿行，在想象中那张过期的行军图上，一笔一笔地标注着楚河汉界与金角银边。

但我要刺探的，并不只是早已失效的军机。

山的高低，河的深浅；土的厚薄，树的疏密；光照的长短，雨水的多寡；口味的咸淡，日常的奢俭；方言的软硬，服饰的素艳；甚至还有汉子

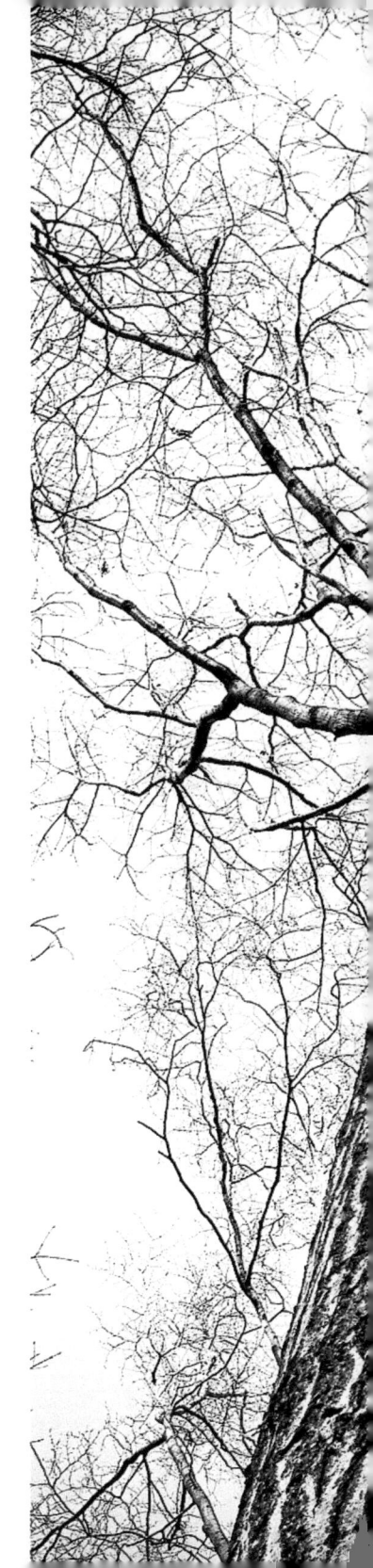

序
刺探河山

的勇怯、少女的妍媸、乡绅的善恶、商贾的朴黠……

一方水土所有的温热寒凉、忧喜悲欢，都应该被列为窥探内容。

就像一个真正的密探，潜伏在人群中，我沉默而孤僻，却调动着所有的感官，只为缴回这一份关于河山的个人报告。

Contents 目录

三峡：长江古战场　　3

长白山山神庙：大荒之祭　　31

辽阳：东北第一城　　53

义县万佛堂：佛窟背后的北魏秘史　　77

雪峰山：蚩尤屋场　　93

丽水：古堰通济　119

绍兴：鉴湖探酒　135

少林寺：南北少林　153

桂林石窟：千佛围城　177

泾川：崖壁道场　193

河西走廊：开玉门　217

都兰古墓群：最后的吐谷浑　235

后记　255

河山记行

三峡⋯长江古战场

CHANGJIANG GU ZHANCHANG

"朝辞白帝彩云间,千里江陵一日还。两岸猿声啼不住,轻舟已过万重山。"

白帝城堪称中国诗歌史上的圣迹:从李白、杜甫、白居易、刘禹锡,到苏轼、陆游、范成大,几乎每一个朝代的顶级诗人,都曾经亲身来此吟咏。然而,很少有人意识到,这座诗情丰沛的文化重镇,本质上却是一个戒备森严的军事寨堡。

我们现在能看到的白帝城，其实只是原来的一座庙。历史上的白帝城，是一处占地面积近2平方公里，规模宏大、配套设施齐备的大型山城防御体系。20世纪70年代以来，从白帝山到鸡公山前坡，考古工作者至少找到了三座不同历史时期修筑的军城遗址。

铁雷、铁箭镞、铁矛、铁镦、铜弩机、礌石、火药……此地出土的大量军械文物暗示着，这座以诗闻名的古城在军事史上的地位绝不亚于文化史。假如我们将那段以白帝城为起点的峡江也纳入军事视野：由白帝城而瞿塘关，由瞿塘关而南津关，进而再联系历史上的捍关、锁关、江关，李白笔下那段轻盈的航程，顿时变得剑戟林立、烽火连绵。

"夔门天下雄，巫峡天下秀，西陵天下险。"

同一脉江水，也就有了另一种铁血峥嵘的解读方式。

"瞿塘不可下"：中国历史上最凶险的一段水路

傍晚6点，奉节港口。

作为当日500多位乘客之一，我登上了一艘名为"新高湖"、长达110米、高有4层的大型滚装游船。在之后的二十几个小时，它将载着我穿越这段中国最著名的峡谷。

这将是一段风光旖旎的航程。不过，在我的导游图上，标注

这段航程的不是奇峰异石抑或名城古刹，而是一座座犬牙交错的关隘、寨堡、炮台、烽火哨。我将在这些密集而散发着凌厉气息的地理坐标的引领下，寻找这段名为"三峡"的江水尚未消尽的肃杀之气。

　　三峡，西起重庆市奉节县的白帝城，东至湖北省宜昌市的南津关，属于长江上游与中游的过渡地带，全长约193公里，由瞿塘峡、巫峡、西陵峡三大峡谷组成。

　　这是一段被急剧收缩的长江。中国地势自西向东呈三级阶梯状递降，三峡处于第二阶梯东部边缘，河床上下落差极大（三峡地貌由海拔1500米至1800米的鄂西山地向东渐降，出西陵峡后，已降至200米左右）；同时，古代长江两岸奇峰悬崖连绵，一般高出江面700至800米左右，而江面最狭处仅有几十米，被绝壁紧束的江水激射东行，加之河床暗布大量礁石，水流湍急、险滩连续，堪称万里长江最险要之处。

　　如此山高水险的幽深峡谷，令这段仅约四百里的水路成为长江行船的噩梦，古往今来也不知有多少艘船只倾覆在了这里，尤其四五月的雨季，江水暴涨，船只过峡更是凶险，自古便有民谣曰："滟滪大如马，瞿塘不可下；滟滪大如牛，瞿塘不可留。"（其中提到的"滟滪"，是三峡上著名的险滩。）

　　由于水情凶险，唐朝以来，朝廷便在三峡险要之处设置了引导船只过峡的篙工或滩师，明后期还出现了专业营救失事船只以

及打捞溺水者尸体的红船。

　　"新高湖"号游船，每个船舱都设置成宾馆模式，彩电，淋浴，茶几，卧床，身处其中，几乎感觉不到人在江上。这种波澜不惊的航行，反而令我记起了宋人范成大记载的过峡经历："……至瞿唐口，水平如席。独滟滪之顶，犹涡纹瀺灂，舟拂其上以过，摇橹者汗手死心，皆面无人色。盖天下至险之地，行路极危之时，傍观皆神惊……每一舟入峡数里，后舟方敢续发。水势怒急，恐猝相遇，不可解拆也。帅司遣卒执旗，次第立山之上，下一舟平安，则簸旗以招后船。"

　　日常行船已是如此艰险，若是动乱时代，更是只要稍加布置，便可将整条长江拦腰截断——在此意义上，这段仅有193公里长的峡江，无疑是一处天造地设的军事要塞。

如果将视线再放宽，三峡在军事上的意义还要更重大。其实"三峡"的概念和范围，历史上有过多次变化，在军事地理学的领域，目前学界基本认可，广义的三峡地区以传统193公里峡江为核心，包括今天重庆市的主城区以及长寿、涪陵、丰都、垫江、梁平、忠县、石柱、万州、开县、云阳、奉节、巫山、巫溪，还有湖北的巴东、兴山、子规、宜昌，总面积将近4.5万平方公里。

中国广袤的版图上，即便是广义的三峡，也最多只占了我国陆地面积的千分之五，然而，数千年中华史，历朝历代的盛衰兴亡背后，却或明或暗都能听到这条短短峡江的低沉咆哮。

在游船上度过的那一夜，我的耳畔，始终隐约回响着男人的呐喊以及金属撞击的声音。

"夷陵要害，国之关限"：天下棋局的生死命门

"如果阿斗还行，你帮帮他；如果不成器——"

公元223年夏，巴东郡永安宫，也就是今天的奉节白帝城，63岁的刘备再一次从昏迷中醒来，看看身前满脸忧容的诸葛亮，喘息许久，终于艰难地说出了那句话："你就自己做了吧。"

且不提暗藏在这句话里的机心，也不管诸葛亮对此的反应，有一点应该可以肯定，临终之时，刘备心中黯淡无光，甚至充满了绝望。

这份绝望来自他对儿子的了解，更来自刚刚打的那场败仗。事实上，他就是因为去年夏天被东吴陆逊于猇亭火烧连营才羞恼成疾的。

当夜，"新高湖"号停泊在奉节的白帝城边。眺望着夜色里江心那座影影绰绰的小岛，我有足够的时间反思刘备的最后一战。诚然，猇亭之败极其惨痛，但我觉得，更令他痛心的，应该还是退守永安之后三峡天险的丧失。对于这位蜀汉王朝的缔造者，某种意义上可以说，自从三峡失守的那一刻起，他的帝国就已经在这场角逐天下的游戏中出局，被吞并只是时间问题。

军事历史学家饶胜文先生将中国的地理格局比喻成一张巨大的棋盘，而整个棋盘分为九个区域：以中原为腹心，关中、河北、东南和四川是其四角，山西、山东、湖北和汉中是其四边。而三

奉节夜景

峡地区西控巴蜀，东引荆襄，北接汉中关中，南连云贵湖湘，既是蜀楚门户，又是长江咽喉，堪称棋局上最重要的棋眼，它的归属与通塞，对天下九区的军事格局几乎都有影响。

以四川为例。三峡地区地处四川盆地东部，是被群山封闭的成都平原通向外地最重要、几乎是唯一的水路。对于以巴蜀为根据地的政权，若能占有三峡，退可锁江坚守，进可顺流出兵，沿荆襄东下北上，席卷东南进而逐鹿中原，实为命脉所在。刘备倾全国之兵东出伐吴，表面上是为关羽复仇，实则欲夺回荆州以固守三峡东门；而猇亭一败，防线缩至三峡以西，便完全丧失主动，彻底破坏了诸葛亮《隆中对》中水陆两线同时出兵的规划，败局其实已定，日后虽然一再不吝国力兵出岐山，也只是苟延残喘罢

夔门炮台

了。同样的道理，割据东南的政权，也将三峡视为王朝的福祸根本。东吴名将陆逊将刘备打得大败，占据西陵峡后，便曾经发过这样的感慨："夷陵要害，国之关限。"

而对于饶胜文先生并未详细划分的云贵、鄂南，三峡的位置也至关重要，占据三峡，便可趁势南下攻取这些地区，当年秦统一天下便是如此行军。反过来，这些地区的军事势力若想向外发展，三峡也是必须掌握的通道。

有足够多的兴亡证明，三峡，是帝制时代中华版图隐藏最深的平衡点，就像《哈利·波特》中的魔幻梯子，角度稍有调整就会通向不同的房间甚至楼层，或是东出，或是西进，或是据守，或是扩张，三峡的任何异动，都能改变那盘天下棋局的实力对比。

清晨5点，游船轰鸣着驶离了白帝城码头。三峡大坝拦截后，长江的流速大幅减缓，加之昨晚刚下过一场暴雨，江水浑浊而肮脏，还带着一种金属的沉重，看起来水流愈发缓慢。

不可否认，这道江水与我想象中"滚滚长江东逝水"的心理期待有着巨大的落差，但我告诉自己，在过往的数千年中，这段江水再不动声色，也决定着中国历史的走向。

巴蛇吞象：历代大王朝的收官之地

整个航程，我都在努力寻找"兵书宝剑峡"，这个三峡中最

河山纪行
HESHAN JIXING

神秘的一处景观——尽管我知道，它已然随着水库蓄水而沉入了江底。

故老相传，当年诸葛亮将自己的毕生所学连同腰间的配剑，都封存在了那块酷似书卷的崖壁上。历朝历代，虽然有无数人觊觎这份如同神迹一般的宝藏，但由于峡高石险，只能望崖兴叹。2003年6月，趁着大坝拦截，水位抬高，考古工作者终于进入了这处神秘的峡壁，千古之谜就此解开。原来所谓的诸葛遗书，其实只是古巴人的一处岩棺葬，不过宝剑之说，倒也有几分真实：在三具藏匿于千丈绝壁的悬棺中，人们发现了不少青铜兵器，其中就包括一把柳叶形的青铜剑。

这其实在考古人员预料当中。兵器，一直是三峡地区墓葬考古出土最重要的文物。几乎所有的巴人或者楚人墓葬中，都会随葬大量的戈、矛、戟、钺、弓弩等兵器，并且它们通常都被放置在尸体的右手边，似乎墓主人随时都可能醒来，呐喊一声，重新冲上战场。

青铜的寒光中，一脉江水的上古源头充满了血腥与杀气。

学者罗权先生曾经考证，在三峡地区，从春秋战国直至辛亥革命，共发生过大小战事249次，平均每一万平方公里高达29.6次。南京师范大学的施和金教授则以明代两京十三司为基数，统计出今天中国除东三省、内蒙古、新疆，以及青海、甘肃一部分以外的所有区域，大致面积约550万平方公里的国土，上自黄帝蚩尤，下至明中期土木堡之变，平均每一万平方公里发生可考战事 11.26 次。

也就是说，三峡地区的战争发生率，几乎是全国平均数的三倍。从先秦最早的峡江土著——巴人与楚人的战争开始，数千年来，烽火始终绵延不绝。其中很多著名的战争，都可被视作开启某个辉煌时代的预兆。

"王濬楼船下益州，金陵王气黯然收。千寻铁锁沉江底，一片降幡出石头。"

刘禹锡的这首名诗千百年来脍炙人口，他描述的，是西晋灭亡东吴的史实。公元279年，西晋六道并进，大举攻东吴，其中起关键作用的龙骧将军王濬，从益州，也就是成都起兵，走的便是三峡水道。次年正月，王濬兵至金陵石头城，吴主孙皓面缚出降，东吴亡。汉末分崩将近百年之后，天下重归一统。

同样性质的一幕在300多年后再次上演。公元588年，51万隋军分为八路，水陆齐发伐陈。其中上游三路水军主力由清河公杨素指挥，数千艘黄龙战舰自奉节沿三峡浩荡而东。一时间，舳舻劈浪，旌甲耀日，杨素浑身黄金盔胄，端坐于五牙大船船头，长髯迎风，容貌雄伟，陈国军民见之，无不心胆俱丧，以为江神现身。两个多月后，嬉笑的隋军在金陵鸡鸣山的一口枯井中，吊出了陈朝最后一个皇帝陈叔宝。一个史上最黑暗的大分裂时代终于终结，中华大地重又圆满。

公元621年，唐李靖率军自夔州沿江而下，于峡州灭割据势力萧铣；公元954年，宋军分水陆两军伐蜀，水军自秭归而上，西攻夔州，从宋军出师到蜀主孟昶投降，不过66日。

西晋、隋、唐、宋，还有秦大将司马错兵出重庆东下伐楚、东汉岑彭从攻打荆门开始溯江西伐成都公孙述，几乎所有的大王朝，都将三峡的军事行动作为统一天下的收官之战。

《山海经》中记载，三峡一带远古时候有一种巴蛇，可以吞下整头大象。某种意义上，巴蛇吞象似乎还能视作一种象征：任何一个伟大的盛世，都必须经过三峡这道狭窄的门。

所以，如蜀汉与东吴，对于这样割据的政权，三峡更是攸关生死的生命管道。历代少数民族与起义农民对抗朝廷，比如明末的张献忠、李自成，清中期的白莲教，同样也利用三峡作为抗击官兵的天险。

统一或割据，反抗或镇压，毫无疑问，这确实是所有江河中战争密集度最高的一段水域。数千年的战争，使得三峡一带的地名具有了一种金戈铁马的铿锵：兵书宝剑峡、金盔银甲峡、荆门、虎牙、锁关、锁峡、八阵、点军、箭穿洞、偷水孔……更是令这一带的民俗，变得尚武、好斗。比如川东湘西土家族的"月托"摆手节，以及老人丧礼上的"打廪"仪式，参与者都手执各种兵器，跳跃腾挪，嘶吼呐喊，俨如排兵布阵、对峙肉搏。

这群三峡汉子，用阳刚乃至有些癫狂的舞蹈，缅怀着先人的

瞿塘峡

勇敢与悲壮。他们的脉管里，流淌的是战士的热血，因为他们世代居住的家园，已经被历代的军事地图都标注成为最高等级的战场。

"新高湖"号的航速是每小时30公里。我忽然想知道，当年王濬的楼船，一个时辰能穿越多长距离的峡江？

铁锁、浮桥与寨堡：一脉江水的金盔银甲

以冷兵器时代的军事视角看，我来的7月并不是通过三峡最合适的时节。夏季水盛，凶险倍增，不利水师出征。故而历史上，在三峡进行的大战役，基本都是在岁末年初的枯水期进行。好在残阳仍旧如血，江风仍旧烈烈，站在船头，我努力将自己想象成

为古代的一名将领，在峡谷两岸的崖壁山石间，反复拆解这一局山水残棋。

公元279年，晋军就是在冬天对东吴发起攻击的。在六路伐吴的军队中，《晋书》对王濬率领的益州水军记载尤为详细。

战争真正开始的地方是西陵峡——在与晋军的长期对峙中，东吴节节败退，三峡之险已丧失了大半。在丹阳守军一触即溃之后，西陵峡实际上已经是东吴最后的防线，故而在这里，他们进行了最严密的布防：首先，江面险要之处，他们都用粗壮的铁索横向锁住，以拦截顺流而下的敌船；此外，他们还在江中揳下了大量用来破坏船底的铁锥。冷兵器时代，吴人确实已经做到了下游对上游的极致防御。

探明敌情后，王濬命人做了几十个百余步见方的大木筏，就像当年诸葛亮草船借箭，木筏上还扎了许多身披铠甲手执兵刃的草人，然后让熟知水性的士兵驾着这些木筏在船队之前开路，铁锥刺到木筏，都被裹挟而去；同时又做了许多十余丈长、数十围粗的巨型火炬，灌上麻油，伸在船前，遇到铁索就点起火炬，将铁索熔化烧断。

铁锥拔尽，铁索熔断，于是战船通行无阻。西陵门户一破，东吴的长江防线彻底崩溃，夏口武昌闻风而降，东吴亡国也就此成为定局。

铁索、铁锥之外，还有浮桥。《水经注·江水》记载，东汉初年，公孙述据蜀称帝时，曾经在江面上建过浮桥，据考证，这应该是目前已知的长江上的第一座浮桥。

公孙述的浮桥工程相当浩大：首先在两岸石壁上凿孔打桩，牵以铁索，再连以巨舟，铺上木板，设置关楼，再在桥上驻扎水师，日夜守卫，堪称一道水上长城。

这座长江第一浮桥同样毁于火攻。东汉建武九年（33），光武帝出兵伐蜀，双方僵持了将近三年之后，一日东南风起，汉军战舰趁势上行靠近浮桥，用点燃的棉絮麻布系在箭头上，朝着桥身万箭齐发。风纵火势，火随风腾，顷刻间这座坚固的水上堡垒灰飞烟灭。

三峡地区山高谷深，没有适宜大规模集团作战的旷野，也限制了行军路线，军事部署通常只能在重庆、奉节、宜昌一线沿江水展开，不利于传统的车战、骑兵战。故而发生在三峡的战争，少有大规模的歼灭战，而是以夺取战略要地的船战、火攻、山地战为主。而随着战争的发展，长江上水战的技术也日益成熟，旧有的铁索与浮桥之外，与水关互为掎角的陆地关隘、寨堡也越来越多，规模越来越大，防御体系也从沿江的线状排列，扩展为立体的水陆协同。

公元1234年，蒙古大汗窝阔台分兵两路进攻南宋，东路主攻襄樊、江淮，西路主攻四川。为破坏蒙军沿江而下包抄江南的企图，南宋政权按最高级别重新布置巴蜀防务，在三峡地区修筑

了万州天生城、涪陵三台砦、渝北多功城、夔州石门隘砦等城寨，各寨堡占据险要之地，彼此呼应，既能互相救援，又能独立坚守，形成了完整的山城防御体系。

清朝也是三峡地区大规模修建寨堡的时期。嘉庆年间，川陕楚地区白莲教起事，三峡地区为其主战场。为了限制白莲教流动作战，清廷在川东大兴城寨。如巴县，修筑了寨堡70余个，关隘10多个；长寿、涪陵、开县等地的寨堡也有100多个。如此重重设防坚壁清野，清廷终于剿杀了白莲教。

我眼中所见，每一座山崖、每一处江滩，都可能燃起过烽火，驻扎过军队。从巴楚相争时的扞关、阳关、锁关、江关、西塞等简陋水关，到秦汉以来战争史上赫赫有名的瞿塘关、南津关、荆门关、铜锣关等军事重镇，从单独的浮桥铁索，到成体系的寨堡城防，数千年来，三峡地区的关隘城寨数不胜数。正如那段著名的金盔银甲峡，这块被长江江水切割出来的山地，几乎每一个褶皱都闪烁着金属的寒光。

俱往矣，刀光黯淡，鼓角远去。"新高湖"上五星红旗迎风飘扬。当激流中的热血彻底冷却，当崖壁间的箭痕逐渐风化，当浮桥变成大坝，高峡成为平湖，太平时代，这脉江水还能给我们呈现多少金戈铁马的气息？

故垒萧萧芦荻秋：在江水中谢幕的古战场

　　这个盛夏，我是在重庆的佛图关上第一次看到长江的著名支流——嘉陵江。

　　此次三峡之行，我沿袭了当年王濬的行军路线，由西向东顺流而下，故而重庆成了我的第一站。通常认为，佛图的关名，源自关城崖壁上的唐宋石刻佛像，但如此一座听起来祥和慈悲的关隘，却是重庆城西第一要塞，不仅是出入重庆的陆路咽喉，还是成渝古道必经之处。历史上，凡欲取重庆城，必先攻陷佛图关，故而古往今来，此关下发生过无数惨烈的战争，比如宋末名将张珏抗击元军、明末张献忠激战四川巡抚陈士奇、南明刘文秀部将

河山纪行 HESHAN JIXING

王复臣激战清夔州总兵卢光祖，等等。

　　根据资料记载，佛图关应该是一座独立的城堡，用条石叠砌而成，城墙高达10米，厚约5米，有迎庆、泰安、顺风、大城四道关门，关墙南北近两江滨，以悬崖为屏障，高大坚固，关呈三角形，范围较大，远望犹如雄伟的古堡。然而，当我来时，峭壁虽然仍在，佛刻与摩崖却早已风化，隐约零落，难以辨识，关门更是难寻踪迹。昔日分隔敌我的大江，也成为城市丛林的内河。与其说这是一座军事关隘，不如说是一处闹中取静、植被葱郁的临江登赏去处。事实上，它已经被开辟成了城市森林公园。

　　杀气早已消散。相比朝天门、洪崖洞、解放碑，重庆城中，这处曾经戒备森严的城市锁钥静谧而寂寥。

　　在之后的行走中，我一次又一次地感受到这份甲胄卸尽的萧条。

　　重庆市万州区西北一公里处、长江北岸上的天生城，因孤峰突起，四方悬岩峭立如壁，宛如天生

万州天生城

城寨而得名；民间又传昔日刘备曾于此驻兵，故又称天子城。

真正的天生城始建于南宋，为川渝抗蒙山城防御体系的重要据点之一。南宋末年，万州守将上官夔据此与元军大战年余，直至以身殉国。由于仅寨门一线可通，地势险要，明末"夔东十三家"、嘉庆白莲教起事、太平天国起义等各大历史事件中，此城都曾遭受激烈的争夺。

通往寨门的，依旧是一条陡直而窄小的青石阶路。我注意到，阶道上不时会出现几堆牲畜的粪便，那是驮送砖石的骡马留下的，在这个酷热无风的午后，除了我，它们是古道上仅有的行者。根据资料，宋代天生城由山顶内城、东外城及北外城三部分组成，总面积达400亩。但在海拔467米的寨顶，我能看到的，除了野树与几乎高过人身的荒草，最显眼的竟然是一块"万州烤鱼"的巨大广告牌。广告牌面对着浩浩长江，整个万州城应该都看得见。

遗存的几道城门城卡，愈发衬托出这座军事要塞的残破。送我前来的出租车司机告诉我，对于万州人，如今的天生城，更像是一个宗教场所。因为山上有一座据说相当灵验的庙，每逢初一十五，前来进香祈福的信众经常会将狭窄的寨道堵得水泄不通。

相对而言，奉节瞿塘关的军事氛围是我此行所见最强烈的。瞿塘关雄踞瞿塘峡之口，两岸赤甲、白盐两山高耸入云，关前江中则是来往船只闻之色变的滟滪堆，地势极其险要，历来皆为重兵把守之处，号称长江由渝入鄂的门户。在这座发生过无数战役

的峡山山腰，我甚至见到了南宋景定五年（1264）大将徐宗武为抵御元军入侵设置的拦江铁索遗存：两根锈迹斑驳的生铁铁柱，其中一根上还能依稀看出"大将军徐"的字样。

在瞿塘关锁江并不是徐宗武的首创。早在五代时，镇守夔门（瞿塘关）的蜀将张武，便曾铸铁索横贯长江以绝江中流，也正是因为这次著名的铁索锁江，瞿塘关也被称作了铁锁关。

除了铁索，还有烽火台、炮台，尤其是将炮口对准夔门的炮台，隔着一脉浩荡奔流的长江，自然之雄浑与人力之刚强针锋相对，不由人不血热气涌。

但我知道，眼前的关塞只是一种无可奈何的替代，抑或说心理补偿，真正的瞿塘关，连同整座号称有"九宫十八庙"的夔州城，都已随着三峡大坝建成沉入了水底。而那两根锁江铁柱，原

本在瞿塘峡口与草堂河交汇处的一块巨礁上，也是迁移而来。

与白帝城隔江相望的白帝镇紫阳村，却还留着一处货真价实的军事壁垒。前些年考古部门在此勘探出了一座占地500余亩，建有黄殿台、中间台、樊家台、较场坝、洗马池等配套设施的大型宋代军城，也属于抗蒙山城防御体系之一，但我所能看到的，也不过是倾颓在果林田垄之中一些断断续续的斑驳墙基罢了。探访紫阳城时，我遇到几位长枪短炮的摄影师，据说，这是一处俯拍白帝城与夔门的绝佳之地，兵法中的居高临下，千年后有了另一种形式的表达。

相比白帝城的喧闹，瞿塘关与紫阳城，原址也好迁址也好，同样冷落。在我终于完成陆路探访，在奉节登上三峡游船手抚船舷的那一刻，心中恍如隔世。

毋庸讳言，大坝建成后，三峡作为古战场的肃杀，已然被大幅抬升的水位中和了大半。两岸峡山，少了许多狰厉，添了不少温润——就像兵书宝剑峡已沉入水底，这脉峡江的大部分锋芒，已被滔滔流水悄然封藏。只是，江水翻滚回旋之际，我还是能够感受到江心深处，仍然涌动着某种难以消磨的刚烈。

"东方斯大林格勒保卫战"：20世纪的铁索横江

由瞿塘峡而巫峡，由巫峡而西陵峡。如果说，三峡的前两峡

河山纪行 HESHAN JIXING

俯瞰万州

给我更多的是远去的背影与怀古的惆怅，那么在这段峡江的尾端，我聆听到了一个伟大民族的怒吼。

在距离三峡东口 20 公里处，南下的长江急转 110 度，生硬地折向东北，形成了一个"V"字形的大弯，船只过此，无论上行下行必得减速转舵，加之两岸皆为峭壁，江面宽仅有百米，自古便是守江重地。大弯的弯尖，有一个名为石牌的小村，因附近山岩酷似令牌而得名，抗日战争中著名的石牌保卫战便发生在这里。

1943 年 5 月至 6 月间，在石牌这座当时不足百户的小村庄，中国军队投入兵力 15 万人，日军投入 10 万兵力，最终日军伤亡 25718 人，损失飞机 45 架、汽车 75 辆、船艇 122 艘，中国军队伤亡一万余人取得最后胜利。

这场战争的意义极其重大：国民党政府迁都重庆后，由于当时从湖北到四川还没有一条可以通车的路，日本要想进攻重庆，就必须打通三峡，而打通三峡必须占领石牌。也就是说，在武汉、宜昌相继沦陷后，石牌，抑或说三峡，已经成为中国防守的终极门户，军事意义甚至已经超越中国本土，成为世界反法西斯战场上最受瞩目的防线。

在石牌村口，长江与杨家溪的交汇处，我看到了这场抗战的纪念碑，锥形碑体背倚绝壁遥对江水，就像一把直指天空的刺刀。战壕、炮台、弹药库、饮水池、防空洞、野战医院……70 多年后，徜徉在昔日的战场，缅怀先烈的同时，我也在思索一个问题：为何面对日军的王牌陆军，中国军人在小小的石牌却能站稳脚跟、止住败绩呢？

一寸山河一寸血。这场战争中，中华儿女可歌可泣的忠勇与悲壮固然是胜利的关键，但中方占据三峡地利，也应该是重要因素。早在 1938 年冬，中方就在石牌安装了 10 尊重炮，1940 年 6 月宜昌失守后，又从船舰上拆下来数百门舰炮，安置在两岸开凿出来的山洞中，炮火可以封锁南津关以上的长江江面，极具威慑力。日军曾以重兵从宜昌对岸进攻石牌正面的平善坝及侧翼的

曹家畈，均遭严重打击，惨败而归，从此再不敢正面强攻，只能迂回石牌背后，企图以陆战攻取。而我方守将巧借西陵峡一带千沟万壑的有利地形，于山隘要道层层构筑坚固工事，而日军在高山峡谷中，连最先进的俯冲式战斗机也难以发挥优势，愈发丧失主动。

值得一提的是，在石牌保卫战中，中国空军和美国盟军战机频频出动，攻击日军，断敌增援和补给，大振了我军士气。石牌要塞的海军官兵，更是任凭日军飞机、大炮狂轰滥炸，仍坚守战斗岗位，以火炮、漂雷、烟幕"三结合"，阻止日军舰船溯江西上。也就是说，在古老的三峡，中国军人打了一场漂亮的水陆空三军协作的现代战役。

这实际上就是20世纪的铁索横江。即使在现代战场上，三峡同样可以构建新时代的铜墙铁壁。

千古英雄气：三峡能否建成我国首家军事主题公园？

在这一年中最热的几天里，我不断来回跨越着峡江，不断在马达轰鸣声中俯视江水，逐渐萌生了一个想法，回想石牌保卫战的壮烈，令这个念头愈发清晰起来：对于普通游客，在传统的诗情画意之外，三峡能不能增加一种游览方式——在这三峡上，能不能建造一座大型的国家军事主题公园？

我去过很多个著名的关隘与战场：牧野、长平、山海关、五丈原、威海、垓下、赤壁、淝水、采石矶……但细细想来，很少有哪一处的战争密集度能够超过三峡。

其次，在三峡发生的战争，有水战、火战、山地战，也有合适地形下的骑兵战与集团战，其丰富而全面的类型，也是其他古战场难以比拟的。

更重要的是，相比一块草原、一片荒漠，抑或是一座城堡一道关墙，作为长江一部分的三峡，更适合诠释一场战争。

正如孔子所云，"智者乐水"，"水"，在中国从来就是一个等同于智慧的文化符号。流动，注定了它走向的桀骜与谲诡；不羁而莫测的轨迹，对人类的思维永远是一种强烈的诱惑与挑战。在此意义上，水，无疑是兵法这种人类战争智慧的最好呈现方式。

还有一种优势，三峡更是得天独厚：在所有的古战场中，它无疑是游览资源最为丰富的一个。核心193公里的峡江之美就不必赘言了，即便是目前看来冷落的一些关隘寨堡，因为大都建在高处，故而在军事功能之外，其实往往还能作为绝佳的登高揽胜之地。

比如佛图关，"佛图夜雨"自古便是古巴渝十二景之一。

还有天生城。从城上俯瞰，浩浩长江和整个万州城尽入眼底，故而古万州八景，"天城凌空"也占了一景。

还有奉节紫阳城、万州青云寨、梁平滑石寨、云阳祖师寨、

宜昌南津关……

有此一园，既能保护，又可反思，既能凭吊，还可观景。和平时代，我们能否将这一座座悄然隐退的关隘寨堡重新请回幕前，用国家军事主题公园的形式，缅怀一股寄托在高峡深谷、寄托在激流漩涡中的千古英雄气呢？

极目楚天舒：一条大江的豁然开朗

这次三峡行的最后一站，我选择了宜昌的猇亭。

宜昌，古称夷陵、西陵、峡州，为三峡东大门，是荆楚地区防御上游最重要的屏障，也是东出巴蜀必须攻取的要塞，历代建有多处如南津关、荆门关之类的重关。

位于今天宜昌市猇亭区与伍家岗区交界处的猇亭古战场，其实只是南津关下游一处暗礁密布的江滩，弹丸之地，历史上却发生过多次影响巨大的战役。秦大将白起攻楚在这里，公孙述的浮桥搭在这里，王濬破东吴水师在这里，杨素顺流伐陈也经过这里。当然，其中最著名的还是三国吴蜀夷陵之战。正是在这里，刘备遭遇了一生最大的失败。

古栈道、烽火台、瞭望哨、辕门、楚塞楼，应该说，猇亭景区花了很多心思来复原昔日战场的气氛，而三峡大坝下游的位置，也令虎牙、荆门这南北夹峙长江的两大险山最大程度地保留了原

三峡
长江古战场

貌,但目中所见,与船行三峡时的感觉却有了根本区别:这是一种数以十倍计的壮阔与浩荡——在出西陵峡的那一刻起,长江的江面,就由原来的二三百米骤然扩展为二千余米。

极目楚天舒。在虎牙山顶的楚塞楼上,我见证着一条走出峡谷的大江,豁然开朗。

游船替代战舰,霓虹替代烽火。一场排演了数千年的武行大戏,终于在滚滚波涛中欣然谢幕。

河山紀行

长白山山神庙：

大荒之祭

DAHUANG ZHI JI

安图，吉林省东部一座与朝鲜接壤的小城。县城西南方向一百公里外，有一个镇名叫二道白河。镇西北大约4公里处，有一处被灌木和果林覆盖的小丘陵。仔细看去，从南到北隐约可见三座土台的痕迹，地面也能发现一些断断续续的残墙。种种迹象都表明，这座丘陵上，曾经有过一座古城。

这座古城被发现后，很快便与当地的一个传说联系起来：故老相传，唐代大将刘仁轨征东时，曾在此俘获宝马一匹。因此，吉林省在将其列入文保单位时，便冠以了"宝马城遗址"之名——我在二道白河镇的镇口，也看到了那座雄壮的将军驭马雕塑。

不过，令人遗憾的是，唐将军与宝马的故事得不到任何史料的佐证；一些学者对这座古城的猜测，比如渤海国的一个驿站，抑或其中京显德府下辖的一个州城，也缺乏足够的证据。

这究竟是一座什么时代的古城？谁建造了它？功能是什么？又缘何被荒弃？

自从遗址现世，数十年间，学术界没有停止过对宝马城身世的探究。当谜底终于被揭开之后，人们才恍然意识到，某种意义上，他们找到的这处荒坡，竟然曾经安放着整个东北最虔诚的信仰。

宝马城真相：千年前的皇家山神庙

很幸运，吉林大学的考古学系赵俊杰教授接待了我，他是宝马城遗址考古发掘工程的负责人。

我看到赵教授时，他正指挥着几个工人用小吊车清理一个深坑。这是一口新发现的古井，他的同事正在井下进行三维扫描，因为井的底部有一块大石头，在下一步清理之前，必须确定上面有没有文字，是不是文物。

我探头看了一眼，坑底黝黑深邃，隐约可以看见一点晃动的微光。

"事实上，对宝马城的考古发掘，从2013年夏天就开始了。"赵教授告诉我。

经过初步勘查，考古队确认城址平面略呈长方形，城内存在南北中轴线，在这条轴线上由南向北依次排列三座土台，应该是大型建筑基址。这似乎支持着渤海国州城的猜想。

然而，作为一座城池，宝马城又有许多不合理之处。比如，整个遗址的面积只有1.4万平方米，这个规模对于一座中古时期的州城来说太过狭小；城墙上也看不出通常应有的瓮城、角楼、马面和护城河等遗迹；而且以现存高度不到一米的残墙来看，当初的夯土墙应该达不到城墙的标准，只能阻挡一些野兽牲畜。

更重要的是，考古队员陆续发掘出一些具有典型金代特征的砖瓦类建筑构件，因此，基本可以确定，宝马城的建造并非在渤

海国时期，而应该是一处金代遗址。

随着发掘工作的不断进行，出土的板瓦、筒瓦和瓦当等建筑遗存也越来越多。这些金时期的建筑构件，绝大多数都有浮雕兽面纹，制作极其精良，可见规格相当高。

问题重新摆上了桌面：既不是州城，也不可能是普通民居，署衙和驿站也可以排除——女真人在这片远离城邑的坡地上修建的，到底是一个什么性质的建筑？

后来，考古队才知道，困扰他们多时的答案其实一直就在眼前。

在发掘现场，赵教授让我往正南方向眺望。我看见了一脉连绵的山峦，在朝阳下，山的边缘隐隐泛着银光。

"那就是长白山的主峰。"赵教授说,"这处遗址,就是金王朝祭祀长白山的皇家山神庙。"

一半冰雪,一半熔浆:一座被冠以"大荒"之名的东北圣山

荒,一个极致寂寥而无尽邈远的汉字。如果前面再加一个"大"——"大荒",更是将一份混沌蒙昧的远古情绪渲染得淋漓尽致。

据说,"大荒"就在我国的东北地区,《山海经》中,"大荒之中有山,名曰不咸",说的就是长白山。还有学者认为,《红楼梦》开篇,那块多出来的女娲补天石,被遗弃在大荒山无稽崖下,这"大荒山",暗喻的同样也是长白山。

现实中的长白山,是欧亚大陆东缘的最高山系,是松花江、图们江和鸭绿江的发源地。长白山保护区总面积1964平方公里,核心区758平方公里。最高峰将军峰在朝鲜境内,海拔2749米;中国境内最高峰是白云峰,海拔2691米,是中国东北的最高峰。长白山有狭义与广义两种界定。狭义仅指长白山山脉本身,范围大致北至吉林省安图县的松江镇,西至抚松,东至朝鲜境内的西头水,南达盖马高原的甲山、白岩一带,南北长约310公里,东西宽约200公里,总面积近7万平方公里。广义的长白山,则是

河山纪行 HESHAN JIXING

以长白山山脉为中心,辽宁、吉林、黑龙江三省东部山地以及俄罗斯远东和朝鲜半岛诸多余脉的总称,总面积超过40万平方公里。

我是在10月中旬来到长白山的。这个季节,江南还是桂香馥郁暖气袭人,但在我来的前两天,长白山已经下过雪了。游览车盘旋而上,沿途的积雪越来越厚——它们其实是长年不化的。待到了天池边,远眺着巉崖雪峰拥簇中的一汪碧蓝,虽然游客人声喧哗,但我的确感受到了那份恍如天地初开的洪荒之美。

长白山天池11月下旬封冻,要到来年6月下旬才解冻,一年只有四五个月时间不结冰。不过,我知道,它底下其实是一座火山,只是暂时休眠,随时有可能爆裂,而最近一次喷发在1702年,距今不过三百余年。

毫无疑问,在我这样的外来者眼中,长白山是一座荒瘠甚至危险的不毛之山,然而,这却是一种假象,仅从一份进租单上,便可看出长白山山区冰雪掩盖下的富饶:

"大鹿三十只,獐子五十只,狍子五十只,猩猪二十个,汤猪二十个,龙猪二十个,野猪二十个,家腊猪二十个,野羊二十个,青羊二十个,家汤羊二十个,家风羊二十个,鲟鳇鱼二个,各色杂鱼二百斤,活鸡、鸭、鹅各二百只,风鸡、鸭、鹅二百只,野鸡、兔子各二百对,熊掌二十对,鹿筋二十斤,海参五十斤,鹿舌五十条,牛舌五十条,蛏干二十斤,榛、松、桃、杏穰各二口

袋,大对虾五十对,干虾二百斤,银霜炭上等选用一千斤,中等二千斤,柴炭三万斤,御田胭脂米二石,碧糯五十斛,白糯五十斛,粉粳五十斛,杂色粱谷各五十斛,下用常米一千石,各色干菜一车……"

　　这是《红楼梦》中,贾府的庄头乌进孝年底向主家交的实物租。学界基本公认,这份清单上的绝大多数,都来自东北长白山区,尤其是乌进孝所居住的"黑山村",更是直接对应着长白山。

　　冰雪与熔浆共存的奇观,令长白山地区从山脚到山顶的两千多米间,分为了中温带、寒温带、高山亚寒带等小气候,由红松阔叶混交林带,到云冷杉林带,再到亚高山岳桦林带,直至高山苔原带,形成了完整的垂直自然景观。在这被誉为"长白林海"的原始森林中,人参雪貂狍鹿、东北虎棕熊野猪,珍稀野生动植物之多堪称生物种源储藏库,即便是长年冰封的天池,也流传着水怪的诡异传说。

早在商周，中原与长白山便有了交集。

肃慎，满族的远祖，虽然远在东北，却是与黄河中下游地区，即中华民族发祥地诸民族并存的少数民族。据史料记载，至少在三千年前，它就和中原王朝存在了贡纳关系，而对其最著名的叙述，居然出自孔子。

《史记·孔子世家》记载：春秋时，某日，一只隼从空中坠落，死在陈国宫廷，伤口挂着一支与中原形制完全不同的箭。孔子周游列国过此，陈湣公便向他请教。孔子说："这只隼鸟从很远的地方飞来，身上的箭叫楛矢，长一尺八寸，是肃慎族人造的。当年武王灭殷，九夷百蛮都来朝贡，肃慎的贡品便是这楛矢石砮。"

据考证，所谓楛矢，即用长白山山区的楛木或者桦木制作的箭杆；石砮，则是用松花江中青石磨制的箭头。肃慎在汉地的第一次亮相，便带着鲜明的长白山特征。

而在肃慎一系，最初的历史记忆则是一个"三仙女传说"，甚至官修的《满洲实录》与《清太祖武皇帝实录》都采录于开篇，作为始祖起源传说。

据说长白山上，有一个名叫布儿湖里的湖。某天，三位仙女来此湖沐浴，有神鹊衔来一枚朱果，颜色鲜艳可爱，最小的仙女佛古伦爱之不忍释手，将其含在了嘴里，却不小心吞下肚去，就此感而成孕，产下一位男孩，便是满族的始祖。

在满人自己的懵懂记忆中，引来三仙女下凡的故乡，还是长白山，可见他们对这座山的感念。而除了属于东夷系的肃慎，在古代长白山山区生活的还有属于貊族系的貊、夫余、沃沮、高句丽人，以及部分迁徙于此的孤竹、奚、乌桓、鲜卑、室韦、契丹、锡伯、蒙古等东胡族系。这些早期北方族系，无一例外，也都如肃慎那样崇拜长白山，很早就对这座山开始了造神运动。这在典籍中也留下了一些记录。

《魏书·勿吉传》《北史·勿吉传》等史籍都记载了长白山的灵异：山上虽然有虎豹黑狼等猛兽，却不会主动伤人，反倒与人和谐相处；而当地土著，对这座山的敬畏几乎已经达到了极致，为了不对这一圣洁之地产生任何玷污，他们进山甚至不能随地大小便，实在没办法，事后也得将排泄物带走。

山名演变，也能反映出长白山崇拜在东北地区的不断发展。从《山海经》的"不咸山"开始，长白山先后有过盖马大山、徒太山、从太山等称谓。而南北朝之后，"白"字在长白山的命名中越来越重要：隋唐时开始有了太白山之称，到了辽代，终于定名为长白山。

正如《契丹国志》记载："长白山在冷山东南千余里，乃白衣观音所居，其山禽兽皆白。"强调这一种世间最纯净的颜色，不仅只是为了符合其长年冰雪覆盖的外观，更是某种类似于宗教的神圣象征。

到了金王朝，这座东北圣山终于被她的子民正式请上了神坛。

中原以外首次发现的皇家"山祭"遗存

"那就是长白山瀑布。"赵俊杰教授指着台基正前方遥遥对着的长白山主峰的缺口。

从卫星地图上看,宝马城遗址位于长白山主峰正北 50 公里处。

我忽然有了疑惑。通常而言,山神庙都建在要祭祀的山脚下或者邻近,五岳莫不如此,长白山的神庙,为何却偏偏远离山体,建在一处荒郊野外呢?

"这座神庙的选址,是经过精心勘探的。"赵教授告诉我。宝马城所在,直至长白山脚,是一片平坦的原野,视野极其开阔,长白山横亘于地平线,如银龙绵延,这种视野上的雄浑大气,是处于人烟稠密处的五岳难以企及的。

除了山形,还有水势。遗址的东侧 1.7 公里处,便是二道白河,西侧约 1.3 公里处也有一条松花江的支流,也就是当地人说的头道白河。两水环绕,如双龙戏珠,形成了极其理想的以长白山为核心的风水格局。

正是这些与长白山的紧密关系,引起了考古队的注意。后来随着金代建筑构件的出土,他们联想到史书记载,猜测宝马城应是一座金人祭祀长白山的神庙。

《金史》卷三十五《礼记》中记载,大定十二年(1172),金世宗始封长白山山神为"兴国灵应王",并在长白山北侧建庙奉安,春秋之际遣派官员前往祭祀。而《大金集礼》记载了这座皇家庙宇的地望和规模:"山北地一段,各面七十步,可以兴建庙宇。"宋金时一步约1.5米,宝马城保存较为完好的北墙长约104米,亦与文献所言非常接近。

考古方向一步步向长白山靠拢。终于,2016年,那块关键性的拼图浮出水面:考古队在门殿室内铺地砖上,发掘出了一些汉白玉材质的玉册残块,其中有几块刻有"金""癸丑"字样的汉字——野外出土的玉册,在历史上多用于皇帝册封名山大川。

至此尘埃落定,宝马城遗址最终被确认为金代皇家修建的长白山山神庙故址。

2018年4月10日,宝马城遗址入选了"2017年度全国十大考古新发现",因为这是在中原以外首次发现的皇家山祭遗存,对探索金代礼仪制度具有十分重要的价值。

当被问及这座金代的皇家山神庙究竟有什么重大的特点时,赵教授拿出了两张建筑平面图。他告诉我,这两幅图,一幅是宝马城金代山神庙遗址的复原图,另一幅,则是数千里外河南登封

中岳庙的结构图。

令我诧异的是，这两幅图乍看上去，建筑物的分布与格局竟然几乎完全相同。

两座庙的确有着类似的设计理念。宝马城遗址大约占地1.4万平方米，核心建筑前殿、后殿由连廊连接，形成一个"工"字；"工"字殿外面围有一圈围墙，围墙前面设有一道山门即门殿；在门殿与"工"字殿之间的轴线两侧各有一亭。其整体布局与以中岳庙（嵩山）、西岳庙（华山）等为代表的宋金时期皇家山岳祠庙非常相似。

历史文献也证实了长白山山神庙符合中原高等级宫观建筑的规制。据《续资治通鉴长编》记载，北宋时期"凡宫观之制，皆南开三门，二重，东西两廊，中建正殿，连接拥殿。又置道院、

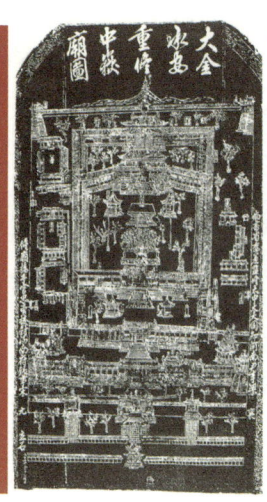

登封中岳庙

斋坊，其宫宇之数，差减于宫"。而关于长白山山神庙的布局，《大金集礼》则描述如下："（大定）十四年（1174）六月，建毕正殿三间、正门三门，两挟廊各两间，北廊准上惟不设门。东西两廊各七间，东廊当中三间就作斋厅，神厨三间，并添寝殿三间，贮廊三间。"

显而易见，金人是以汉族封禅五岳的规格来修建长白山山神庙的。

金人对自己的圣山的尊崇可以理解，不过，若是以大历史的眼光去看，这座建在东北一隅却与五岳平起平坐的山神庙，除对圣山的敬畏与感恩之外，还寄托着一个北方部族极其远大的抱负。

"中外一统"：宝马城所承载的金人理想

12世纪初兴起于松花江中游的金王朝，是以女真族完颜部为核心建立的国家政权。金朝的发展势头很猛，公元1115年完颜阿骨打称帝建国，十年后就灭辽，再两年后灭北宋，1141年与南宋划淮而治，南宋称侄，西夏、高丽称蕃，统治北中国长达120年。

虽然自始至终金朝未能混同南北，但他们却突破了汉人的正统观，主张夷夏平等，甚至在历史上第一次提出了"中外一统"的口号——早在公元1121年，金国发动灭辽的决战时，金太祖

完颜阿骨打就曾下诏说:"辽政不纲,人神共弃,今欲中外一统。"

夷夏平等的思想,直接催生了金王朝的民族自信:金人初起之时,尚称宋朝为中国,第三代皇帝熙宗时便已经自称"中国",甚至认为"我国家据天下之正",俨然以中华正统自居;到了海陵王完颜亮时期,金为"中国"的记载开始明确见诸文献;之后的世宗与章宗朝,"中国"的自我定位更成为金人全族的共识。

金人的这种正统观,是因为他们对汉文化的接受:在中国历史上,金王朝属于少数民族政权汉化最深的王朝之一。在政治上,金朝熙宗年间进行了官制改革,全面汉化;在文化方面,贵族改汉姓、着汉服的现象相当普遍,金世宗虽然曾经倡导学习女真字、女真语,但已经积重难返;思想上就更不必多说,儒家思想已经直接渗透进金朝的治国理念。但在此之外,还有着历史的大背景。

著名金史专家张博泉先生曾指出:"金朝处于当时我国的多王朝、列国和列部并存的时代;是在中原由过去以汉族为主统治转为以少数民族为主统治的时代;是全国各民族在变夷从夏中向更高层次的统一的中华大发展的时代……是中华意识大觉醒的时代;是中华各民族大发展大进步的时代。"金太祖"中外一统"的思想,就是在这样的大背景下提出来的。

安图山神庙,以五岳的规格、中原的仪轨来祭祀长白山,就是金人自觉加入中华文化圈的种种努力之一。从此角度,宝马城的意义无比巨大:它以实物的形式印证了金王朝"中外一统"的理念——在此之前，除了文献记载，直接的考古证据并不多。

从最初金世宗封的"兴国灵应王"，到金章宗封的"开天宏圣帝"，随着金人对长白山山神封号的日益尊崇，在中华版图上，东北大地的分量越来越重。

公元1233年年底，蒙古大军围攻汴京，金哀宗弃城出逃；次年正月，其所居的蔡州陷落，金亡。一时间，白山黑水归于沉寂，安图山神庙也逐渐荒废、倾颓，埋没于榛莽丛。然而，谁也想象不到，一场更辉煌的高潮，就在这座陷入休眠的火山脚下悄然酝酿。

从康熙眼中的帝国龙脉到东北人民的精神故乡

"吉林市丰满区白山乡。"导航语音带我们离开高速公路，转入了一条泥泞的乡村公路。车子开得很艰难，因为路面实在有些狭窄，很多时候，甚至要穿过整条逼仄的村庄内部小路。最终，路的尽头出现了一座小小的山坡。

我很难将眼前这座名叫"小白山"的小坡地，与吉林市四大名山联系起来，更看不出它有哪里像一只老虎：据说，这座海拔只有314.6米的小山本名白虎山，因为它酷似一只头北尾南、匍匐于吉林城西的卧虎。

小白山满语称"温德亨"，意为"祭祀板"。某种意义上，

这里就是安图山神庙的后世传承：清王朝祭祀长白山的望祭殿就建造在这座山上。

同一种信仰，隔着五百年遥相呼应：因为同属女真族系，满人将金人视为自己的祖先，而对长白山的崇拜，与金朝相比，清王朝有过之而无不及。在想象的风水格局中，他们甚至将长白山视为皇气根基，以致修筑了一道工程浩大的柳条边墙，将整个长白山区都封禁起来，严加防护。

如果说，金王朝将长白山纳入了中华名山谱系，那么，清人更进一步，将长白山抬升到了中华龙脉的主干位置。《清实录》载有康熙皇帝议论长白山的一篇御制文，从中可以看出，他不仅极其熟悉长白山山脉的延伸走向，甚至对整个中华地理格局也有独到见解。

康熙皇帝指出，从古至今堪舆家论讲山脉九州，都说北岳华山为"虎"，东岳泰山为"龙"，但都没有追根溯源，考证出"泰山之龙"究竟发脉于何处。他随即提出了自己的设想。

　　他认为，从长白山西去的山脉，到位于今吉林通化市西北的纳禄窝集，分为北支和西支，其中西支蜿蜒到今辽宁新宾县东与吉林交界处的旧称兴京门的地方，即今辽宁新宾县城关镇西之启运山，再南下蜿蜒起伏到今辽东半岛南端的老铁山。此后，如龙的山脉进入辽东半岛到山东半岛之间的渤海海峡和庙岛列岛一带，即今庙岛列岛中之隍城岛和砣矶岛，龙脊在清代的登州府，即今山东烟台市蓬莱区跃出海面，在今烟台地区的芝罘、福山区一带形成一座福山，同时在山东北部形成丹崖山。从此，"海伏而又陆起"的伏龙向西南起伏八百里，聚结为五岳独尊的泰山。

　　考证至此，康熙皇帝的意思已再明白不过："泰山实发龙于长白山也。"他认为，泰山号称五岳之首，而它的龙脉，却发源于东北长白山；因此，长白山虽然偏处一隅，却乃九州山川之正脉，五岳名山之根基；爱新觉罗氏能够君临天下，也是赖长白山龙气福祉庇佑所致。

　　康熙十六年（1677）九月初二，康熙皇帝下旨："长白山发祥重地，奇迹甚多，山灵宜加封号，永著祀典，以昭国家茂膺神贶之意。"同年，康熙皇帝封长白山山灵为"长白山之神"，自此，清王朝便将对长白山的祭拜正式纳入"岳镇海渎"的祭典

之中，成为每年必行的朝廷祭典。他自己也曾先后两次亲临松花江边，以祭拜祖先的最高仪式，率领王公大臣遥祭长白山。只是他虽然两巡吉林，但长白山山区交通险阻，不便登临，都只能临时性地"择地设帐幄，立牌祭祀"，心中总有遗憾；加之毕竟路途遥远，帝王亲祭未免过于兴师动众，不如在便捷之处选址建殿，修造一座永久的祭奠场所。

雍正十一年（1733），朝廷终于在松花江边修建起了一座正式的长白山望祭殿。

文献记载，那应该是一处配套齐全的建筑群：望祭殿正殿五楹（面宽9尺，进深2丈，柱高8尺9寸，周围廊各深4尺）、祭器楼两楹、牌楼二座、官厅一座、皇道一条、养鹿圈一。正殿

为歇山式殿顶,檐下斗拱交错,彩绘贴金,殿内设黄色牌位,黑字书写满汉合璧文字:"长白山之神位"。每年的春分和秋分,吉林将军率领众官员替代皇帝,进行望祭长白山山神之大典。乾隆十九年(1754)乾隆皇帝东巡吉林时,曾亲自登山遥祭。

然而,现在我所看到的,除了一条隐约可辨的山道,几块方正的屋基廊痕,便是满眼的灌木与杂草——20世纪40年代的战火令望祭殿遭受重创,二十多年后,望祭殿终于被彻底夷为平地。

望祭,顾名思义,只能遥望而祭,而长白山远在数百公里之外,小白山只能是个寄托。在小白山山顶,我朝着东南,也就是长白山的方向眺望,眼中所见却是被城市高楼切割得高低错落的

天际线。山下的松花江更是被裁剪拼接，隐入了车水马龙背后——短短三百余年，又一座属于山的皇家神殿回归了莽莽苍苍的山。

然而，这一张属于长白山的祭台早已分身无数。

时至今日，对长白山的崇拜早已形成一种根深蒂固的信仰，融入了满族人的血液。

古时满族人家都将长白山山神作为他们共同的祖先，尊称为"长白山祖爷"或"撮哈占爷"，在家中神案上最尊贵的位置祭祀崇拜；学者赵德玉先生搜集了满族谱书百余部八十多个姓氏，其中绝大多数都将自己的祖先根源追溯到长白山；而清代无论皇族大臣，还是八旗兵勇、平民百姓，每当谈起祖籍，往往都会自称"长白山人"，甚至报出来自"长白山第几道沟"。

就像客家人的珠玑巷、山西人的大槐树，从楛矢石砮与三仙女开始，用了三千多年时间，古代满族人为自己竖立起了一座高大圣洁的精神故乡。

然而，长白山崇拜意义远远超过山脉本身。自从金人以皇家的权威为它建起五岳级别的祭庙那天起，这座远古圣山所在的大地便有了真正的文化归属。

从此，东北与中原，寒暑与共，地气相通，无论兵燹、灾祸，再不分割。

从宝马城山神庙到小白山望祭殿，两座一脉相承的祭台，悄然见证了一块中华版图历经千年的文化皈依。

尾声

离开安图前,我在长白山博览广场见到了刘建封的塑像。

这位安图县的首任知县,在清光绪三十四年(1908),耗时四个月,用近代测绘手段对长白山进行了一次史无前例的全方位勘察,摄制了《长白山灵迹全影》,并绘制了第一张长白山天池图以及《长白山江岗全图》等画册,首次把长白山的地貌完整地展现在世人面前。

20世纪初,亘古以来就遮盖着长白山的神秘面纱终于被掀开了一角。

又是一个世纪初,一百余年后,宝马城金代皇家山神庙被发掘,长白山的三千年信仰谱系有了第一个确凿的物证。

这座冰与火共生的圣山,正一点点向我们展露绝世容颜。

紀行

辽阳：东北第一城

DONGBEI DIYICHENG

1953年，抗美援朝战争进入了第三个年头。这年3月，修建防空洞时，朝鲜顺川郡龙凤里挖出了一座高句丽时期的古墓。在古墓墓室的壁画中，人们发现了一幅古城的城郭图。城郭图的中心，赫然用中国的楷书标注着三个字："辽东城"。

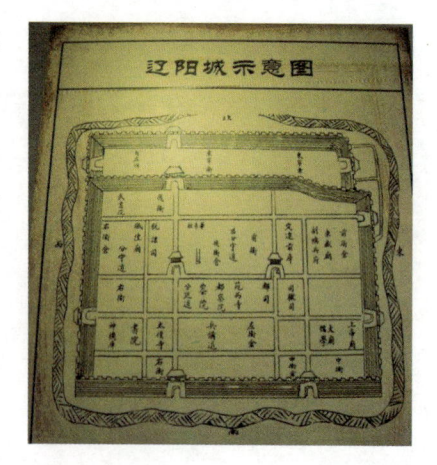

图中的辽东城，就是今天辽宁省的辽阳。

提起辽宁省，人们想起的第一座城市大概是沈阳，但很少有人知道，沈阳的兴盛，只有短短三四百年。在此之前，山海关外最重要的城市，其实是沈阳以南80公里处的辽阳。至少有两千年，辽阳一直是我国东北地区的政治、经济、文化中心。

朝鲜顺川郡古墓的壁画足以说明历史上的辽阳影响力之大与辐射之远。

"先有辽阳，再有沈阳。"究竟是什么，令一座城池稳坐了东北数千年的头把交椅？又是什么原因，让它在即将进入近代之际，被一座后起的新城迅速逆袭？

带着这样的思考，我来到了小雪节气之后的辽阳。

两千多年一站到底的历史名城

"有鸟有鸟丁令威,去家千岁今来归。城郭如故人民非,何不学仙冢累累。"

在辽阳的出租车上,我突然想起了这样一首古诗。

这几句话出自"辽东鹤"的著名典故,说的是辽东人丁令威外出学道,千年后化作一只白鹤归来,停在城门的华表柱上,俯瞰故乡,一时间心绪万端,于是便有了这几句感慨。

我能够理解他的心情,离家虽已千年,归来城郭却依然如故,辽阳城确实创造了一个一站到底的奇迹。

相当幸运,替我开车的司机温大哥对辽阳文化很有研究。一路上,他给我指出来,哪里是原来的护城河,哪里是原来的老西门,哪里是原来的东门。他还告诉了我一个规律,在辽阳,凡称为"路"的,都是南北向,而"街"则是东西向,一道街、二道街、三道街……六条横街依次排开,有点类似于易经里的六爻。

河山纪行 HESHAN JIXING

　　虽然老城门已经没了，但90度转折的护城河还在，对照地图，一座横平竖直、方方正正的古城依然棱角分明。

　　据学者考证，两千多年间，辽阳城没有过大的变动。现在的辽阳城与秦汉时期相比，位置、大小，都能基本重叠。

　　朝鲜顺川郡古墓的那幅辽东城图，山、水与城的相互位置，以及古城的建筑轮廓，也能与千余年后明代所修的《辽东志》和《全辽志》所载的《辽东镇城图》大体相符。

　　这种建筑格局的稳定与坚固，在有着如此漫长历史的古城中极为罕见，尤其是东北，因为部族轮番称霸，每来一次更替，往往都会推倒旧城另起炉灶，像辽阳这样经过无数次改朝换代而依

然在原址挺立的，更是少之又少。

这是不是意味着，所有的部族都认为辽阳城所在之处关系极为重大，若无充分理由，切不可随意挪移？

中原楔入东北的第一处榫卯

辽阳广佑寺，据说始建于东汉，金元明清各朝几经复建，鼎盛时期占地9万平方米，是东北地区最大的佛教活动道场，如今更是以世界第一大的室内佛陀坐像闻名遐迩。

在广佑寺山门外的广场一侧，我见到了丁令威化鹤瞬间的铜像。

关于丁令威的记载最早出现在《搜神后记》，作者是陶渊明。但故事只能是故事：由陶渊明上推千年，传说中丁令威的时代，应该是公元前7世纪，但那时还根本没有辽阳这座城。

辽阳所在的辽河平原，远在六七千年前就有人类活动。春秋时期以前，在这里生活的除了剽悍的土著东胡人，就是朝鲜人，即以箕子为领袖、被周王朝迁往东北的殷商移民。在这一时期，虽然已经开始有了一些具有早期城市特征的聚落，但整个东北第一座真正意义上的城市却要到公元前3世纪初才出现。

那就是最初的辽阳城，确切地说，当时的名称是襄平。

当时时值战国晚期，一代雄主燕昭王一方面南下中原争霸，

另一方面，也派军转向东北开疆拓土，北逐东胡，东略朝鲜，将燕山以东至朝鲜半岛北部的大片土地都揽入了燕国版图。为了巩固军事成果，他修筑西起今河北省独山口至滦河源一带，东至今辽阳地区，绵延1000多公里的燕北长城，并在长城以南，自西向东设置上谷、渔阳、右北平、辽西、辽东五郡，在新征服的土地上正式开始行政管理。

襄平，就是辽东郡的郡治。它是目前东北地区已知最早有明确行政建置和文献记载并有考古资料证实的城市。

在襄平建城，无疑是燕昭王深思熟虑的决定。

襄平，即辽阳，处于辽东地区中部，向西300多公里，越过辽河平原和辽西山地，可以进入华北平原；向南300公里，可与山东半岛隔海相望；向东100多公里，过辽东山地和鸭绿江，可到朝鲜半岛；向北则是辽河平原与松嫩平原，一马平川，可长驱直入东北腹地。

而在交通方面，辽阳也堪称整个东北亚的枢纽。

古代辽东地区，陆路主要有两条干线。一条经由辽西山地或辽西走廊，越过辽河下游的湿地沼泽，再转向辽东山地和朝鲜半岛；另一条沿辽东半岛西缘北上，经辽河平原东侧深入东北腹地。这两条路线，在辽东山地与辽河平原交接带的中段交叉。

辽阳正好处在这个交叉点上。

辽阳在地理上的重要性，甚至在丝绸之路上都有所体现。提起丝路，人们想到的通常都是长安西去中亚或者东南沿海通往东南亚、非洲等地的水陆两线，其实在东北亚，还有一条自中原经辽西，经鸭绿江入朝鲜半岛乃至日本的"东方丝绸之路"，也就是《新唐书·地理志》所载唐与外国交通最重要的七条路线之一的"营州入安东道"。这条路在历史上也被称为"贡道"，因为东北以及朝鲜半岛上的部族政权朝贡中国时走的就是这条路。而在这条路上，辽阳也是必经之地。

明朝经营东北，开辟辽东驿路，共设了35个驿站，辽阳驿便是核心驿站之一，北至奴儿干，东南至朝鲜，远近四方皆有驿路辐射。

因此，以中原的视角，建立襄平城就好比在东北大地最受力的点位楔入了一处榫卯，两大相对独立的地理板块从此相互咬合。

就算只从一座单独的城市角度看，襄平的选址也是极其科学的。它处于长白山山地向松辽平原的过渡带，东依千山山脉，西临冲积平原，土质肥沃，气候适宜，还有太子河与浑河两大水系，河湖纵横，非常有利于发展农业，即便在整个东北范围内，都是最适宜人居的地区。而且它的东部与南部蕴藏有丰富的铁矿，无论铸造农具还是兵器都得天独厚。

欲霸东北，必取辽东；欲取辽东，先得襄平。假如把东北城市的布局比喻成一盘大棋，落子之初，襄平便已占尽了地利。任他天翻地覆，此处必得镇压。

然而，与此同时，它也将自己摆到了各方争夺的第一线，这也注定了它在之后千年里墙头变幻大王旗的坎坷命运。

一座辽阳城，半部东北史

移民辽东，推广农耕，发展贸易……

襄平的建城，正式拉开了中原王朝对东北的大开发。

我在辽阳博物馆看到的"襄平布"，就是那个大时代留下的印记。

布，是一种青铜货币，流行于春秋战国时期，而襄平布便是燕国在襄平铸发的货币。这也应该是东北地区目前发现的最早的金属货币。

除个别例外，襄平布通常高不足4.5厘米，宽不过2.5厘米，重5克左右，背面大多平素无文，正面则铸有"襄平"二字。

令我有些意外的是，燕国铸刻在货币上的"襄平"二字与今天有所不同："襄"字的左边加有"纟"，而平字的右下方则多了一个"土"字。"襄"字，《说文解字》的解释是"解衣而耕"，加"纟"，又增加了一重纺织的意义；而"土"，更显然是对土地的一种强调。

有"纟"有"土"，博物馆同时期的馆藏还有许多陶制的食器、酒器以及建筑物的瓦当。不难猜测，对于这座亲手筑起的城

辽阳太子河

市,以及城市所在的这一大片平坦沃野,燕国人充满了美好的田园憧憬。

但同时期也出土了大量兵器——我在博物馆看到了多把形制不一的青铜剑,以及铸剑的石范。这座城市虽然以土地与耕作命名,但铁血与兵戈才是它更高亢的旋律。

高铁时代,由火车站开始的中华大街是进入辽阳最主要也是最直接的通道。这条处于四道街与五道街之间的宽阔公路,从西到东横贯整座老城。

出了老城,中华大街变成了中华大桥:一条由东南折向北方的大河斜斜围起老城的东沿,成为辽阳的天然屏障。这就是著名的太子河。现在的太子河两岸,已经开辟成公园和高档楼盘,俨然是辽阳市的一大胜地,但我知道,最初,这其实是一条悲情而绝望的河。

太子河古称衍水,因燕国太子丹曾隐匿于此而改名。太子丹

· 61 ·

刺秦失败，秦王发兵攻燕，燕都蓟城失守，燕王喜和太子丹逃至辽东，襄平成为燕国最后的据点。为了平息秦王的怒气，燕王斩杀了太子丹，将首级送入咸阳。

秦军四年后还是攻下了辽东。

辽阳博物馆收藏有一枚有"上郡守起造"铭文的青铜戈，出土地点就是太子河中的一个岛屿上。据考证，这位"起"就是秦国最著名的战神白起。青铜戈对应的，应该就是这场秦燕之间的战事。

秦汉两朝，襄平仍为辽东郡治。汉末三国，公孙氏趁乱割据辽东，三世四主五十余年，襄平为其重镇。公元238年，曹魏大将司马懿攻灭公孙渊，于襄平设置护东夷校尉，统领东北诸部族。然而不久中原复乱，襄平先后为前燕、前秦、后燕等政权统辖。

这些游牧民族建立的王朝都只是昙花一现，这轮厮杀中，东北最大的赢家是高句丽。

西汉末年，高句丽便在浑江流域建立起政权。在此后的三百多年里，高句丽一直试图西进，但在中原政权的遏制下，屡进屡败。魏晋以来，随着华北政局崩坏，高句丽的扩张速度越来越快，终于击败后燕，控制了辽东。

公元404年，高句丽改襄平城为辽东城，襄平从此成为历史名词。

高句丽在辽东的统治盛极一时，隋炀帝连续三次倾国征伐，只落得伤亡百万，为此民变四起，最终身亡国灭；唐太宗也曾三征高句丽，但同样未能创造奇迹，最大的战果，也只是夺回了辽东城。

此后，唐帝国以辽东城为前哨基地，不断对高句丽发起进攻，终于在公元668年攻陷其都城平壤，灭亡了这个延续七百多年的政权。

公元676年，唐王朝将安东都护府治所由平壤迁到辽东城，统辖包括辽东、高句丽旧地在内的东北亚广大区域。

与中原失落了三个多世纪后，榫卯重新接上，辽阳再次恢复了东北首府的地位。

然而，从大历史的角度看，这一次高调的合并，却是一场更长久分裂的序曲。随着安东都护府的设立，一场中国气运的大变局已悄然拉开大幕。

辽阳白塔

东京时代：北中国的攻守逆转

如果要为辽阳老城选一处地标，白塔当仁不让。

几乎所有外地人，对辽阳的第一印象都是这座雄壮古塔。它就矗立在火车站左前方的数百米处，出站就能看到。围绕着白塔，辽阳还修建了一座主题公园。我去的时候，天蓝日暖，有人放风筝，还有几位老妇一圈接一圈绕塔周行，不知是祈福还是健身。

辽阳白塔高71米，八角十三层密檐式结构，是东北地区最高的砖塔，据说还被列为全国六大高塔之一。塔身八面都建有佛龛，龛内皆有砖雕坐佛，经过多次修复，目前状况甚好，尤其是冬日林木肃杀，台基更显高耸，入眼更为庄严。

但这却是一座来历不明的塔。所谓白塔，只是因塔身涂抹白灰而得的俗称，有关它的真正名字与建造年代，至今未有定论。说法主要有三种：唐太宗攻下辽东城时所建；辽代所建；金世宗完颜雍为其母而建。

这几种说法中，辽代所建最为人所接受。20世纪80年代维修古塔时，在塔顶须弥座下发现了明永乐铜碑碑文:"该塔自辽所建,金及元时皆重修。"另外,其建筑风格、使用材料、砖雕手法及纹饰等,都属于典型的辽代风格——事实上,无论最初建造于哪个朝代,这座塔最终呈现给我们的,都是特色鲜明的辽代审美。

这其实是种极其高明的定格,用一座万佛护佑的宝塔,辽阳城标记了自己最辉煌的时代。

在辽代,辽阳有个响亮的名字:东京。

唐王朝在东北亚的统治并没有维持太久。随着公元755年安史之乱,朝廷再度失去对东北的控制。与此同时,辽西的契丹人迅速崛起,并于公元916年建立了契丹帝国,也就是中国历史上的辽王朝。

建国后,契丹人很快占领了整个辽东地区,而在辽帝国的建置中,辽阳始终是顶级重镇。

辽代施行五京制,其东京,便是辽阳府,其管辖区域西起嫩江、医巫闾山,东到大海,东南至鸭绿江下游南岸,北至松、嫩江合流起点,东北直达黑龙江下游,极为广大,此外还是附庸东丹国的都城,用以安置和镇压被其灭国的渤海人。

辽之后,东北的下一任

霸主是金，辽阳仍为东京。

辽、金两代，三百余年，辽阳为五都之一的地位从未动摇。

据典籍记载，辽金时期的辽阳，"辽海编户数十万，耕垦千余里"，仅城内人口便有二十余万，其中还有大量皇族与官僚，已经是东北规模最大的城市之一。同时，它也是辽、金王朝最重要的商业中心，比如金代辽阳便流传这样的民谣："城东'甲乙'木，城南'丙丁'火，城西'庚辛'金，城北'壬癸'水。""木"指城东山区的木材；"火"指城南制陶的窑址；"金"指城西的手工作坊，铁制农具、兵器、生活用具、金银铜工艺品等都在这里制造；"水"指城北太子河的水运码头。

从考古发掘的铁器与丝麻片来看，辽金时期辽阳的冶铁与纺织技术已达到相当高的水平。史书也记载，辽东铸造的农具与兵器在中原有很大的名气，而一种辽阳府城出产的"师姑布"更是行销各地，大受追捧。

辽阳瓷器尤值一提。东北瓷器烧造从辽代开始出现精品，而辽阳老城东偏北方向约30公里处的江官屯，则是东北地区最重要、烧造时间最长（历辽、金、元三代）的制瓷基地。

某种意义上，辽阳江官屯窑可以被视为辽东文化开始成熟的象征。从最早的箕子，到燕国，到秦汉，其实都是中原汉族文化对辽东的强劲输出。辽阳近郊的太子河沿岸，曾经出土过30多座汉魏古墓，其中多座墓室绘有壁画，内容极为丰富，包括百戏乐舞、车骑仪仗、宴饮庖厨、楼阁宅院、武库仓廪、杂技、斗鸡等场景，其容貌、服饰、器物、车马，完全都是汉人豪门大族的风格。汉魏讲究"视死如生"，从这些古墓中就可以感受到，当时的辽阳虽然在东北，在文化归属上却纯然属于中原。

而江官屯窑瓷，不仅有类似中原定窑、建窑的缠枝花白釉碗、兔毫盏、执壶、鹧鸪斑窑变梅瓶，也有浓郁东北地区风格的兽首埙、筒式杯、鸡腿坛、黑瓷棺、黑釉桃形壶等。

显而易见，进入辽代以后，农耕与游牧两种文明在辽阳已经被同一炉窑火炼化，开始有了自己独特而鲜明的特征。

无疑，这是辽阳建城以来前所未有的高光时刻。然而，从大一统王朝的州郡，到区域帝国的都城，辽阳城的意义也在这三百年中暗暗开始了改变。

兵临辽阳城下时，唐太宗绝不会料想到，他的北征某种意义上将会成为绝唱。中原与东北，从燕昭王开始的这场博弈，已经悄然进入了下半场。

清代史家赵翼认为唐开元天宝年间是中华气运由西北转向东北的大变局。此消彼长，也就是说，中原与东北的力量对比逐渐反转，双方的攻守形势也随之翻盘。

从燕国北拓，到秦灭辽东，再到汉魏对东北亚的经营，下至隋炀帝与唐太宗的征辽东，本质上，都是中原帝国对东北的主动进攻；而安史之乱后，东北与中原事实上已经再度割离，下一次

抟合，要等到元统一中国。而在此期间，无论是辽、金，还是蒙古人，对中原采取的都是凌厉的进攻，并且常有大胜，金人更是将宋人赶到了江南。而中原王朝面对北方，从儿皇帝到岁币，姿态越来越低，虽然不时也有几声北伐的呐喊，但终究形不成气候。

唐中期之后，六个多世纪，中原王朝对东北一直呈现颓势。直到朱元璋建立明朝，蒙古人主力退回草原，才趁着开国之威，廓清了华北和辽东的残元势力。

然而，这次东北的回归，并没有从根本上扭转北中国的气运。

九镇之首：大明王朝的生死门户

在辽阳市文圣区东大街，我看到了一截被保护起来的古城墙。

从城墙裸露部分看，这截城墙属于砖包夯土砌筑，所用青砖规格整齐，墙砖之间用石灰沤制黏合，可以想见其牢固。

据考证，这里就是明代辽阳城东门的遗址。

夺回辽阳之后，在金元旧址上，明廷进行了大规模修筑和扩建，前后历时十余年，改土筑城墙为砖砌城墙，建成了周长24里的新辽阳城。万历后期，熊延弼守辽东，再次大修辽阳城。故而辽阳城规模之大，形制之伟，城池之坚，皆为当时东北第一。

辽阳城的防卫，某种程度上，已经上升到关系大明王朝存亡的高度。

虽然将蒙古人赶回了草原，但大明王朝的对外政策还是采取守势。长城的修建，充分暴露了他们对于高纬度地区敌人的无奈和警惕。对比燕、明两道长城，中原王朝在这两千年间的妥协与退让清晰可见。

在保守的国策下，北方边防成为重中之重。在东起鸭绿江西抵嘉峪关长达万里的防御线上，明廷设置了9个国防重镇，其中辽阳所在的辽东镇，因位于东方起始位置，被称为"九镇之首"；同时，还在东北各要塞修建了18座城池，辽阳仍是其中最大的一座。

太多的历史教训，不允许明王朝对辽阳有丝毫放松。作为中原与东北之间最重要的连接点，辽阳既可以成为中原王朝北上的桥头堡，也可以当作东北部族南下的踏板。无论辽还是金，几乎所有东北民族政权的发展壮大，模式都大致相同：建立政权——占领辽东——统一东北——入主中原；而控制辽阳，则是占领辽东最关键的一步。

永乐帝将都城从南京迁到北京后，作为华北乃至京师最后的屏障，九镇——尤其是处在东北与华北交通枢纽上的辽阳——地位愈发重要。

终明一朝，作为辽东都司治所，辽阳都是整个东北地区的军事指挥中心，同时也是政治、经济、文化中心。

在辽阳老城东北郊的阳鲁山上，我忽然觉得，自己有些体会

到当年努尔哈赤的心情。

这里就是清王朝的祖陵之一，东京陵。公元1624年，后金大汗努尔哈赤将自己祖父母、父母及亡妻、弟、子等十余人的坟墓，由赫图阿拉即今天辽宁抚顺的新宾县迁葬到了这里。

"想当年，为复祖、父大仇，我以十三副甲胄起兵，征伐明国。现在，辽阳已经是我们的了……"在亲人的灵前，诵读祝文的努尔哈赤不知不觉已是泪流满面。

公元1621年，努尔哈赤亲率后金精兵，经三天三夜血战占领了辽阳城。次月，他便迁都于此，声称："吾之得辽阳，如鱼之得水。"

隔着元明两个朝代，在相同的位置，又一族女真人做好了南

东京陵

下的准备。

历史似乎又要重演。然而，短短四年之后，努尔哈赤却放弃了这座都城。

辽阳抑或沈阳：努尔哈赤的隐秘心机

阳鲁山，虽然名为山，其实只是一个面积不足一平方公里的缓坡，但在太子河东岸的这块平地上，这十来米的高度也足以俯瞰大半座辽阳城了。

东京陵之所以被称为东京陵，是因为其西南2公里处，有一座努尔哈赤造的东京城。东京城与辽阳老城相距2.5公里，隔着太子河遥遥相望。

东京城原本是一座菱形的砖石城垣，周长3.5公里，开有八座城门，八门各有敌楼，城四角则有角楼，但今天整座东京城，只剩下一座正对着公路的"天佑门"了。事实上，天佑门两侧的城墙，以及城门上雄壮的城楼，都是前些年复建的，真正努尔哈赤时代的遗存其实只有一个门券，以及东西两侧一小段残破砖墙。城门后是一大片类似于公园的平地，种有一些植物。据说仔细看，还能找出一些屋柱殿基的夯土痕迹，尤其是一座十六柱的八角殿最为明显，但被前些天下的雪遮盖了，我的眼中只有斑驳的白色。

那座八角殿就是后金君臣的议事大厅。攻占辽阳的第二年，

努尔哈赤就将都城迁到了这里。

平地起城，谈何容易。为了修筑东京城，努尔哈赤甚至抽调了国内十分之一的男丁。战争年代兴起如此大的工程，无疑要冒很大的风险。

倾国之力建起东京城，迁来东京陵，看起来，努尔哈赤要在太子河畔扎根了，但谁也想不到，就在迁葬的次年，三月初一，在八角殿的朝会中，努尔哈赤突然宣布再次迁都，而目标则是沈阳。

这道命令震惊了整个后金。谁都知道，沈阳城当时只是一座普通的军事卫所，仅有辽阳的一半大，不仅小，而且年久失修，损毁严重，丝毫看不出王都气象。诸王大臣顿时炸了锅，纷纷谏阻。但努尔哈赤不为所动，说完就收拾行李，三天后就搬到了沈阳。

"沈阳四通八达之处，西征大明，从都尔弼渡辽河，路近且直。北征蒙古，二三日可达。南征朝鲜，自清河路可进。"这是努尔哈赤为迁都沈阳给出的解释。事实上，辽阳沈阳距离接近，以交通衡量优劣，极为牵强。

由辽阳到东京城，再由东京城到沈阳，短短几年间，努尔哈赤如此不厌其烦地折腾，真实原因究竟是什么？

《满文老档》的一条记载，或许是解读努尔哈赤心理的关键：就在进驻辽阳当年的五月二十六日，一天之内，后金就抓获

了 22 名在井水中投毒的汉人。

　　顺着这条线索，我陆续在史籍中找到了辽阳的汉人以各种方式反抗后金政权的记录。除了在井水中，辽阳人还在粮食、蔬菜、食盐，甚至家禽家畜中下毒，还有的搞暗杀，或者在僻静处设埋伏，或者将女真人引诱到家里，用酒灌醉杀死，搞得女真人水不敢喝，肉不敢吃，孤身连路都不敢走。

　　辽阳人的仇恨，除了家国之痛，更是因为后金的暴政。以征服者的姿态，女真人视辽东的汉人为奴隶，劫夺财物，奸淫妇女，随意凌辱，还经常进行各种名目的大屠杀，比如杀穷人、杀富人、杀恶人、杀读书人，有一次竟然下令，将所有不养牲畜的人都杀了，理由是他们随时准备逃走。

　　满汉之间激烈的矛盾令努尔哈赤很快发现，相对于全部兵力也只有数万的女真人，辽阳城实在是太大，城里的汉人又实在太多，各种报复手段防不胜防。但他再恼怒，也不能把他们全杀光，

毕竟还需要有人为自己种田交粮。思来想去，努尔哈赤终于决定，在老城对面，太子河东岸，另外修一座新城，将女真人与汉人分别开来。对于信奉武力者，少数人统治多数人最好的形式，莫过于建一个武装堡垒，对被征服的臣民居高临下。

虽然是一代枭雄，但对待民族矛盾，努尔哈赤却采取了强硬压制的错误方式。只是，一座东京城岂能压得住整个辽东的愤怒！辽阳的反抗愈演愈烈。很快，这位精明的猎手敏感地嗅到了危险：明军尚有重兵，朝鲜也未臣服，假如身边的汉人与他们里应外合……努尔哈赤心中突然感觉到一种前所未有的恐惧。他告诉自己，为了确保安全，他应该退回去一点。

他想起了不远的沈阳。他知道，相比风口浪尖的辽阳，那座城市更靠近自己的后方，在那里出发，只要一天，就能回到萨尔浒的大本营。

更重要的是，他需要一座新的都城来实验治理汉人的温和模式。

东京城头，努尔哈赤转身北望，心绪万端。

一座古城的功成身退

关于努尔哈赤的迁都，在辽阳，我还听到了这样一种说法。

据说，努尔哈赤很信风水，而他认为辽阳一带有条龙脉，修建东京城，正是为了加以镇守：城西南角的娘娘庙、东门内侧的弥陀寺，以及凤岭山下的千佛寺，便是为保龙气不外泄特意修的三座镇庙。但后来，有位高人告诉他，这三座庙宇只压住了龙头、龙爪和龙尾，却压不住龙脊，那条龙势必要北飞而去，因此，他才将都城迁到了浑河边上的沈阳。

虽然是民间传说，但风水堪舆对于一个以《三国演义》为军事教科书的部族，确实具有超乎想象的影响力，而且我们的确能在东京城遗址找到那几处大庙存在的证据。不过，与其说这个传说给了我一个玄学上的解释，不如说那条往北飞的龙脉，令我对沈阳取代辽阳成为东北地区中心城市背后的意义，有了另一种思考。

沈阳并不是超越辽阳的唯一一座东北城市。清王朝建立后，因为中俄两国对黑龙江地区的争夺，吉林、齐齐哈尔两座处于军事要地的城市迅速兴起，随即分别成为东北中部、北部的区域中心。而清末铁路建起后，哈尔滨、长春、大连等交通枢纽也开始迅速壮大。

进入19世纪后，辽阳在东北的地位就已经退到二线。

作为拥有两千多年历史的东北第一城，这种被轰然赶超的滋味并不好受。但从全局的角度，辽阳令人叹惋的没落，其实也意味着华北与东北已经真正合为一体，再也不需要任何过渡或中转。

原来，像人一样，一座古城，也有自己的功成身退。

河山紀行

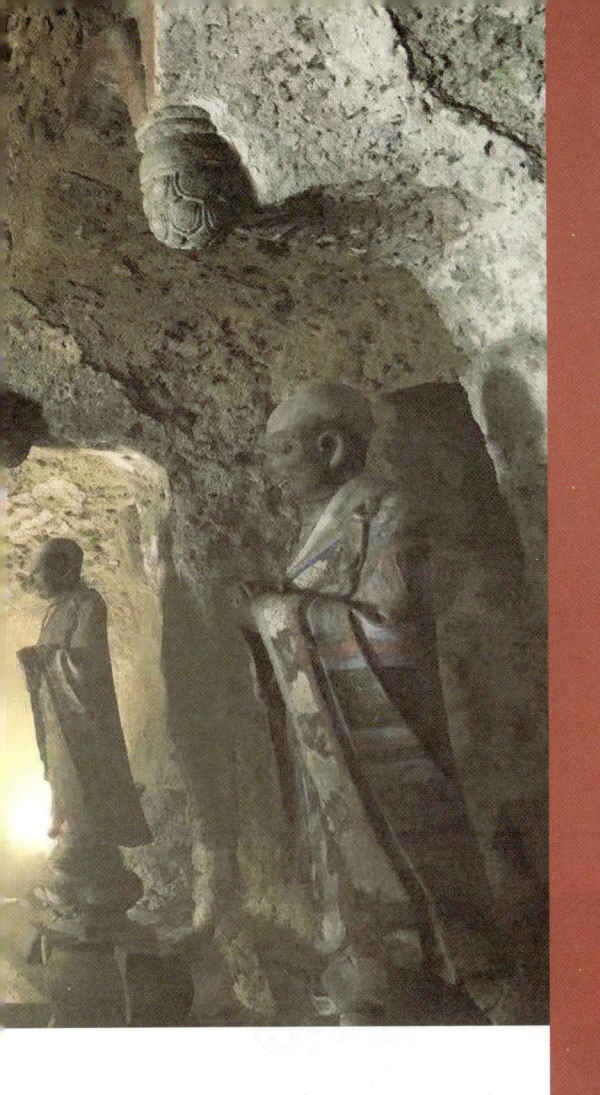

义县万佛堂：
佛窟背后的北魏秘史

FOKU BEIHOU DE BEIWEI MISHI

河山纪行 HESHAN JIXING

　　虽然拜谒过的名刹不在少数，但辽宁义县奉国寺的大雄殿还是震撼到了我。

　　面阔9间、进深5间，我从未见过如此雄伟的佛殿。紫禁城皇帝朝会的乾清宫，也就是俗话说的金銮殿，也不过是这样的规模。

　　事实上，这的确就是佛教界的金銮殿：奉国寺大雄殿，是中国现存最为宏大和完整的单檐木构古建筑，被誉为"中国第一大雄宝殿"。殿内供奉的主佛，也不同于普通寺庙的1尊或者3尊佛，竟然多达7尊，每尊都有9米多高，一字排开，极为壮观，也被视为世界上最古老、体量最大的泥塑彩色佛像群。

这是一座辽代鼎盛期的皇家寺庙，它的建造者是辽圣宗耶律隆绪。他是一位虔诚而狂妄的佛教信徒，竟然称自己为释迦牟尼转世。大雄殿极为少见的七佛模式，很可能就与建造者的这种自我定位有关。

释迦牟尼并不是佛教唯一的教主。在他之前有过无数佛，他之后还会出现无数佛，连同他在内，距离我们时间最近的七位佛被合称为"过去七佛"：这种少见的七佛并敬，似乎蕴含着辽圣宗对前人的纪念抑或感恩之意。

不过，我也知道，若是从寻根溯源的角度，同在义县，还有一处遗迹比这座大殿更具备初始性质，某种意义上，它甚至是整个辽王朝佛教信仰埋下的第一枚种子。

那就是义县县城西北9公里处，大凌河北岸的万佛堂石窟。

义县万佛堂：中国纬度最北、位置最东的石窟群

虽然有心理准备，但万佛堂的小还是令我有些意外：大大小小只有16个窟，分东西两区，东区7个，西区9个。

石窟从东区起头走到西区末尾，约莫百米；石窟南北最深处，最多50米。

万佛之名更是有些夸张：东西两区石窟，目前遗存佛像总共才439尊。据说这座石窟群最初的确名副其实，有佛像9990尊，

但早在20世纪日伪时期，南满铁路人员来此调查时，剩下的佛像就已经不足千数。

毕竟，它已经经受了一千五百多年的风雨剥蚀——万佛堂石窟最初开凿于北魏，与同时期的大同云冈石窟、洛阳龙门石窟并称为北魏最著名的三大石窟。

但显而易见，在体量上，万佛堂绝对无法与云冈、龙门这样的大型石窟群相提并论。然而，石窟前大凌河上冻结的厚冰提醒我，这是在东北。

白马西来，无论最初的陆路还是后来的海路，佛教传入中国的主流方向，都是由西向东。而东北距离佛教东传大本营的西域，不仅路途遥远，之间至少还隔着河西、关中、中原、华北等多个分裂时期很容易独立的文化区域。此外，东北寒冷的气候条件也对石窟造像这种对环境要求较苛刻、建造成本也甚高的佛教修行模式有很大限制。因此，在东北开凿佛窟并不容易。据统计，整个东北地区，佛教石刻造像遗迹极其稀少，而年代最早、规模最大，唯一称得上石窟群的，就是义县万佛堂。

更确切地说，万佛堂石窟是中国纬度最北、位置最东的佛教石窟群。

凡物至极，必有传奇。那么，究竟是谁，又是为何，要在义县开凿这么一座据说曾经有过9990尊佛、孤悬关外的石窟呢？

通过探究万佛堂的来历，一段北魏王朝有意遮掩的宫廷秘史悄然浮出大凌河的冰面。

元景造像记：七天误差背后的北魏宫庭秘史

万佛堂东西两区石窟，首先开凿的是西区。西区分上下两层，上层为三个小窟，下层为六个大窟，由东向西依次排列。

西区第五窟东南角的石壁上，有一块被玻璃罩保护起来的石碑。由于损毁较多，而且光线幽暗，我看不清上面的文字。但我知道，这就是那块著名的《元景造像记》石刻了。

这块碑在书法界地位很高，被康有为誉为"魏诸碑之极品"，梁启超也赞其"天骨开张，光芒闪溢"。但对于万佛堂本身，更大的意义在于通过碑上面残留的304个字得知了石窟的缘起：北魏营州刺史元景为孝文皇帝禳灾祈福而建。

营州，也就是今天的辽宁朝阳。北魏时，义县属于朝阳的属郡，两地相距大约百里。元景为何不在自己的治所开凿石窟，却选择了义县呢？

事实上，直到魏晋南北朝的前燕，朝阳才开始正式建郡；在此之前，辽西地区的首府一直设在义县。无论政治经济文化，朝阳一时间都赶超不了义县，而且义县毗邻医巫闾山，宗教气氛更

为浓郁。还有一点也至关重要：义县位于辽西走廊中段，北接契丹，西北临库莫奚，东近高句丽，南经辽西走廊直下华北中原，交通优势相当明显。

选址合情合理，但这块石碑却暴露了一个尴尬的事实：孝文帝拓拔宏其实根本没能享受到这座石窟的福报。

《元景造像记》记录了万佛堂完工的确切日子：北魏太和二十三年，即公元499年，四月初八。这一天是传说中的佛诞日。可以想象，当时本应该有一个隆重而欢乐的竣工仪式。然而，早在7天前，即当年的四月初一，孝文帝就已经驾崩于谷塘原行宫。

谷塘原，在今天河南省邓州市区东南，距离义县虽然有点距离，但一国之君崩殂属于头等大事，三四天内各州应该都能得到快马飞报，为何7天之后，万佛堂立碑之时，元景的营州治所仍然不得而知呢？

这7天误差提醒人们注意到，孝文帝去世后，随驾的彭城王与任城王，其实并没有在第一时间将消息公布于众。

这段记载史书上也有，但只是一笔带过，似乎有意淡化。后人对此，也只是解释为孝文帝死于亲征南齐途中，当时军情并不乐观，为避免敌人乘丧追逼，故而只能暂时封锁消息。

言之成理，但这就是真相吗？

顺着《元景造像记》给出的疑问，专家继续核对各种史籍，终于发现，7天误差背后，隐藏着一段被孝文帝视为终生耻辱的北魏宫廷秘史。

专家考证，孝文帝的死讯，足足被延迟了12天公布。这12天，是留给彭城王执行孝文帝遗诏的时间。

病危之际，孝文帝给彭城王下达了一道极其特殊的命令：在他驾崩之后，立即处死皇后冯妙莲。

古往今来，敢给皇帝戴绿帽子的后妃不多，但冯皇后就是其中一个。孝文帝南征北战，很少在宫里，冯皇后耐不住寂寞，居然和御医勾搭上了。事情暴露后，孝文帝大受打击，身体本来就差，从此更加虚弱。他毕竟对冯氏还有感情，便只是与其分居，

并未予以废黜；但冯氏不仅不加收敛，而且变本加厉，甚至在孝文帝生病期间请巫婆咒他早死。

孝文帝一再忍让，但这次在谷塘原病倒之后，自知大限已到，终于动了杀心。

相比军情说，遗诏说似乎更有说服力，但这就是7天误差的全部秘密吗？

石碑之外，万佛堂中，还隐藏着进一步解读这段历史的钥匙。

"云冈模式"抑或"龙门模式"：一座皇族佛窟所表达的政见

由于大凌河河水的常年冲刷，万佛堂石窟崩塌严重，西区保存较完整的只有第一窟。第一窟中央有一方形石柱，上连窟顶，四面布满精细的雕刻。自尖拱以上，佛像、供奉人以及弧形华幔、化生童子，包括窟顶的飞天，都是元景时期的原作，刀法劲健，形象生动。

当地传说，修建万佛堂西区石窟的与云冈石窟是同一支团队，设计师都是那位著名的昙曜法师。虽然没有直接证据，但这些万佛堂最早的佛像所着服装，或者是袒右袈裟，或者是通肩大衣，风格的确极其接近早期的云冈石窟。

但我因此发现了一个问题：在同时期的佛像中，我看不到一件龙门石窟中流行的那种褒衣博带。

这是非同寻常的。

在孝文帝时期，选择哪种风格的服饰，是一个严重的政治问题。

孝文帝是坚定的汉文化崇拜者。他主政后，命令臣民读汉书，学礼仪，背儒典，甚至把本族鲜卑衣视为"胡服"，一律废止，改换汉人服饰。

这项运动在北魏信奉的佛教中也有反映。比如云冈石窟早期的佛像，多体形健硕肩膀齐挺，衣饰紧身贴体，有一种桀骜不驯的雄壮之美；而龙门石窟，佛像大多身躯颀长，脸瘦颈细，还稍微有些溜肩，袈裟则多为褒衣博带式，褶纹繁复飘逸，总体给人以清秀儒雅的印象。

云冈石窟位于北魏的旧都平城，也就是今天的山西大同城郊；而龙门石窟则位于新都洛阳城郊。也就是说，两者风格的嬗变，以迁都洛阳为转折点。

正是以公元494年迁都洛阳为标志，孝文帝开始了全面汉化运动。

根据《元景造像记》，万佛堂所有的石窟都开凿于迁都之后；至于这位元景，虽然史书无传，但有专家考证出，是明元帝拓跋嗣的曾孙，孝文帝的族叔。

一位北魏皇族的族老，为侄辈的孝文帝祈福时，却采取了他一心摒弃的云冈模式，其族人对这场轰轰烈烈的文化运动所持的

态度令人浮想联翩。这似乎也印证了史书上孝文帝每下一道汉化诏书都会引发整个部族抵制的记载。

孝文帝的固执同样令人感慨：他根本不理会有多少人反对，汉化路上遇魔杀魔遇佛杀佛，甚至不惜为此处死亲生儿子。

我以为，孝文帝与冯皇后之间的矛盾，也存在有对汉化态度的分歧。冯氏背后还应该有一个强大的守旧势力集团，它甚至有可能在孝文帝去世后攫夺政权——孝文帝说过一旦自己不在，冯氏将会干预朝政——否则，单纯处死一个不守妇道的皇后只需一道诏书，根本不必要如此郑重其事，还为此秘不发丧。

这座与主流逆向而行、有意无意鲜卑化的石窟，从侧面反映出了一个游牧部族跳下马背的艰难。

当然，这里还有一位志向远大的帝王内心深处的莫大孤独。

私窟的祈祷与帝国的危机

相比西区，佛堂石窟东区的风化更为严重，所存北魏造像寥寥无几，但即便从残存部分也能够看出，佛像大者丈余、小者盈寸，整个造像群布局严谨，镌刻精巧，当初同样蔚为壮观。

与元景造像碑一样，东区第五窟的南壁上，也存有一块开凿者留下的碑刻。只是这块石碑保存状况比元景碑更差，甚至还曾因采光需要，被人在题记下方凿出了一个石窗，碑文脱落严重，

义县万佛堂
佛窟背后的北魏秘史

今天能辨识的字只有270余个。好在通过对残存文字的仔细解读，人们还是能够大致了解这座石窟的建造缘由。

碑文记载，东区石窟开凿时间是西区竣工三年后的北魏景明三年，即公元502年，属于私人出资建造。这也能够解释此碑碑文字迹虽然同样遒劲，但相对潦草，不似元景碑法度森严：毕竟元景身为皇族族老，能调动的书家资源远非普通人能比。

长期以来，万佛堂东区的建造目的都被认为像绝大多数私人开凿的石窟那样，是建造者为自己修德祈福，甚至于留名后世。但石窟建造者的身份却令我有了另一种理解。

碑文记载，万佛堂东区石窟群的建造者，是以慰喻契丹使韩贞领衔，另外还有本地驻防官兵74人。

韩贞其人正史无传，但搜检《魏书》，还是能从《源怀传》中找到他此次前来辽西的相关记录："代表诸蕃北固，高车外叛，寻遭旱俭，戎马甲兵，十分阙八。去岁复镇阴山，庶事荡尽，遣尚书郎中韩贞、宋世量等检行要塞，防遏形便。"

从这段记述看来，韩贞是作为一个抚慰后方、整顿军政的朝廷使臣来到辽西的，而当时这里的形势很不乐观：藩属反叛，又遭亢旱，军备缺乏，政事不修，满目衰败。

这符合孝文帝迁都洛阳后北魏王朝南重北轻的大趋势。国内的精兵大多被调到南征前线，其后方，尤其是北部、东部边陲的武备却遭受了相当大的削弱，很多地方兵微将寡，只能勉强防御，早失去了军事上的主动性。

拿出自己的钱，与苦守边塞的驻防官兵一起修建佛窟，用慈悲化解怨气，完全可以解读为是韩贞极其高明的一种安抚手段。

不过,他的正式官衔中"慰喻契丹使"又令我意识到,这座石窟的建造,很可能还有更深的用意。

韩贞碑:"契丹"部族正式崛起的最早物证

被韩贞当作官衔刻在石碑上的"契丹"两个字,是迄今为止国内发现的最早刻有契丹部族族称的实体记载物。

某种意义上,它见证了北魏之后东北又一个霸主的崛起。

孝文帝死后,强大一时的北魏王朝迅速开始败落。很多原先被其压制的部族,趁着后方虚弱纷纷反叛或者自立。契丹便是其中极为强劲的一族。

事实上,韩贞此行最主要的安抚对象,并不是为国戍边的鲜卑族将士,而是这些越来越强大的契丹人。

契丹族的起源很复杂,很多学者认为它和北魏的鲜卑族渊源深厚,属于鲜卑系的别部。他们兴起于西拉木伦河和老哈河流域,义县所属的辽西一带,正是契丹最主要的活动区域。

早期的契丹人与大多数游牧民族一样,信奉的都是萨满教。可以猜测,在早已皈依佛教的鲜卑人看来,契丹人的桀骜不驯,与这种相对原始而强悍的信仰有关,故而在其聚居的地方修造佛窟,应该存有一份从文化上驯化契丹人的目的。

似乎为了强调民族团结,在碑文中,韩贞多次提到了各部族

共同的圣山,"医巫闾山"的胡名:"沃连"和"沃黎"。

从历史的角度看,韩贞的努力收到了效果。公元 10 世纪初,当契丹人终建立起自己的帝国时,佛教成了他们的国教。

有学者指出,义县奉国寺的七尊大佛,宗教意义之外,也是对北魏云冈"昙曜五窟"的模仿,每一尊佛像都象征着前代帝王:自比释迦牟尼的辽圣宗之前,共有五位先祖皇帝,加上他的母亲,摄政的萧太后,正好是七位。

韩贞在万佛堂埋下的种子,五百年后,长成了参天大树。

但虔诚的信仰并没能挽救元景与韩贞的王朝。

专家考证,万佛堂石窟群最晚开凿的应该是西区上层的三个小窟,里面的佛像仅仅凿出了粗坯就被废弃,而且再无续凿痕迹,似乎是遇到了什么突发事件。

对照年代,当时最大的政治事件是公元 523 年爆发的六镇起义。六镇,指的是北魏王朝在北方边境设置的六个军镇。这群认为自己在汉化运动中遭到遗弃的后方将士,做了北魏王朝覆灭最有力的推手。

万佛式微:守住石壁上的残存记忆

从万佛堂幽暗的石窟中出来,我长长舒了一口气。

它没有让我失望，也的确配得上与云冈、龙门并称。当然，我说的是在历史见证的意义上。北魏王朝那场意义深远的大变革，没有这座佛堂，背景就不明晰，细节就不生动，故事就讲不完全。

不过，参观万佛堂的过程却令我有些伤感。这实在是一座受到太多损伤的石窟。我甚至不忍去过多描述窟中佛像的残缺。

"背倚福山，南临大凌河，气势恢宏。"当地的宣传材料上这么写。但我也知道，万佛堂的很多石窟，本来都有宽敞的前室，只是经不住大凌河水的千年冲刷，都已崩塌。

此外，还有日光、酸雨、风沙、严寒、游人的涂鸦……

千年之后，我们还有机缘见到这些历劫而来的佛像，就尽可能不要让它们在我们的时代消亡。

河山紀行

雪峰山：蚩尤屋场

CHIYOU WUCHANG

1987年5月，法国国家科学院东南亚暨华南人类研究所所长雅克·勒穆瓦纳博士突然来到了中国的湖南。

勒穆瓦纳博士带来了一卷中文书写的巫教手抄本经书，这是他不久前在法国图卢兹郊区一支东南亚瑶人移民后裔的家中发现的。仔细研读之后，勒穆瓦纳发现，流散到世界各地的广大瑶人，至今存在一种虔诚的祖山信仰，他们世代相告，即便走到天涯海角，死后灵魂也要回到祖先的山林才能获得安息。而这卷手抄本便是一份引导亡人返乡的路线图。

勒穆瓦纳博士相信，那座被全世界瑶人奉为精神图腾的祖山，应该就是今天湖南省的雪峰山。

中分沅湘：一座被很多人遗忘的湖南界山

雪峰山地处湖南省中西部，分广狭两义：狭义的范围仅指主峰，即洪江、溆浦、洞口、隆回四县交界处一带的高山；广义的雪峰山则为一系列大型次级山脉，起于绥宁县巫水之北，南与80里大南山相接，总体略呈弧形向东北伸展，止于洞庭湖平原，总长度约为350千米，宽度约为80至120千米，平均海拔约为1000至1500米。

我国地势西高东低，大致呈三级阶梯状分布，而雪峰山便是第二级阶梯和第三级阶梯在南方的分界线，隔开了云贵高原与东南丘陵。

　　高铁时代将这种大地貌的转变呈现得前所未有地清晰。我是乘坐温州发往成都的车入湘的，也就是说，几乎从东向西横穿了整个湖南。过长沙不久，我就明显感觉车窗外山峦不尽、层层叠高；进入娄底，即接近雪峰山地界后，山势愈发险峻，隧道更是绵密，连阳光都好像以分秒计算迅速阴冷起来。

　　对于今天的湖南省，雪峰山的意义更为重大。

　　今天的湖南省，基本地理特征是：西、南、东面武陵山、南岭、幕阜山—罗霄山脉崛起，北边洞庭湖沉降，中部丘岗盆地起伏，呈三面环山、向东北开口的不对称马蹄形。其间水系主要有四，从东至西，依次为湘、资、沅、澧。

　　雪峰山便是资水与沅水的分水岭。

　　也就是说，若是依照水系，以雪峰山为界，今天的湖南省可分为东西两半：湘资流域与沅澧流域。

　　这样的划分并非偶然，而是暗合历史大势。很多人可能没想到，除了元朝曾极短暂地以"湖南"称过省以外（元至元十四年至十八年，即1277—1281年），要到清康熙三年（1664），"湖南"才真正以今天的格局单独建省。在此之前的数千年间，湘资与沅澧流域一直分属不同的行政区划。

　　清朝建省，故意违背地理形势，将湘资、沅澧两大区域合并为一省，根源可追溯到元朝。元朝之前，划分政区大致遵循"山

川形便"的原则，但这也导致了不少割据的弊端。于是元人设置行省时，便将有可能凭险分裂的区域全部打乱拆分，就像湖南籍的清代思想家魏源所说，"合河南河北为一，而黄河之险失；合江南江北为一，而长江之险失"，让各省"犬牙交错"，无险可守。

历朝历代对湘资与沅澧地区的分治，除了地理因素，还建立在二者截然不同的人文气质上。学者张伟然先生便曾经对这两大区域的文化特征做过多方面的比较，得出湘资区域文化起步早、水平高，而沅澧区域的文化类型则更接近西南诸省的结论。考古成果也证明，先秦时期湘资与沅澧流域，分布的是两个不同的族属：前者属于百越，后者则属于一种与后世夜郎、滇、邛等西南文化接近的部族。

直到今天，湘资与沅澧这两大区域依然呈现出巨大差异：长沙、株洲、湘潭、岳阳、衡阳、郴州等经济发达的城市，大都在湘资流域；而雪峰山以西的沅澧流域，习惯上被称为"湘西"，属于云贵高原东缘，山高谷深，交通闭塞，经济落后，是湖南省少数民族的聚居区。因此在旅行者中，还有"自然风景看湘西，人文古迹看湘东"的说法。

两大区域的人口比例同样悬殊：2019年年末，湖南全省的常住人口为6918.38万人，其中大部分都在湘资流域，沅澧流域的怀化、张家界、湘西土家族苗族自治州，合起来也只有935万人，只占总人口的13.5%。

雪峰山
蚩尤屋场

    1935年，根据区域人口密度，地理经济学家胡焕庸教授提出"黑河—腾冲"线，即著名的"胡焕庸线"。在此意义上，将湘资、沅澧两大区域划分开来的雪峰山，实质上就相当于湖南省的"胡焕庸线"。

    因此，毫无疑义，对于今天的湖南省，无论地理还是人文，雪峰山都堪称最重要的界山。

然而，这却是一座被很多人遗忘的大山。雪峰山的名气远远配不上它在地理学上的地位。毕竟，湖南的名山太多了，在全国层面，它的知名度远远不如衡山、张家界、武陵山。即便是在湖南本省，很多人也不一定知道它具体的位置。

不过，雪峰山不为人知，还因为这个山名问世不到百年。文献上出现雪峰山，最早是20世纪三四十年代有关"雪峰部队"（一支地方武装）以及抗日战争中著名的"雪峰战役"，直至1915年商务印书馆出版的《辞源》，都未曾收录湖南"雪峰山"的词条。

在此之前，一直上推到唐宋，这条山脉都被称为"梅山"。

勒穆瓦纳博士得到的手抄本巫经，书名就叫《又到游梅山三十六峒念》。

梅山秘境：西南昆仑的大胆猜想

熟悉中国古典小说的人，对梅山应该都会有印象：二郎神战孙大圣的得力部属，以及闻太师搬来镇压西岐的救兵——《西游记》与《封神演义》中，梅山神怪都有过华丽的出场。

小说中，梅山神怪的原型要么是二郎神狩猎时的助手，要么是猿猴野猪之类的禽兽，总之被赋予了极其强烈的深山老林气息。但我知道，这并不是凭空杜撰。地方志记载，20世纪50年代，梅山地区还出现过百虎围村的事件，距今只有短短几十年。

而在民俗界，梅山则因极盛的巫觋之风广为人知。原始巫教至今在当地还有广泛影响，山民认为万物有灵，山精水怪、雷公土地，所祀的鬼神五花八门，《又到游梅山三十六峒念》中便列举了很多奇奇怪怪的神祇名号。其中为首的，或者说最具代表性的梅山神，是一位被称为"张五郎"的壮实汉子，特征是以手撑地，头下脚上，号称"翻坛倒峒"。

无论怎么看，梅山都是一片近乎蛮荒的古老山林。然而，这本经书却隐隐传达着这样一个颠覆性的信息：如此一处不无诡异的秘境，竟然曾经有可能成为整个中华文明的起点。

堪舆家认为，就像江河，峰峦岭岗也是有上游来处的。假如追溯上去，世间所有的山脉将会合并到一个共同的源头，抑或说，祖脉。中华诸山的祖脉，便是昆仑山。

自古以来，人们对昆仑山的真实方位先后有过很多种猜测，但一般都认为是在国土的西北部，也就是西起帕米尔高原东部，横贯新疆、西藏，延伸至青海境内的那条大山脉。不过，查阅梅

山资料时，我却意外地发现，居然有学者认为，中华龙脉的终极发源地其实也有可能是湖南的雪峰山。

"梅山"之前，因为位处楚国境内，雪峰山被称为"楚山"。

一些学者认为，"楚山"也不是这座山最初的名字。"楚山"之前，它至少应该有过一段时间被唤作"会稽山"；而这座"会稽山"，假如加上附近的"武陵山"，便成了上古传说中真正的"昆仑山"。

雪峰山，或者说梅山，即便从广义的山脉角度，满打满算面积也不到六万平方公里。"昆仑"之说虽然不无附会穿凿之处，但他们的考证却令我感觉到，这片称不上多么广袤的山林中，掩藏着某种一夫当关、堪与全天下为敌的霸气。

我想起了张五郎，这位以脚踩天、全天下唯一一尊倒立的神祇。

我还想起了湖南传统建筑物尖挑的屋檐，说是牛角的象征。

还有著名的梅山武术。据说，梅山人上至老妪下至娃娃，个个都会些拳脚，而且身边任何什物，无论锄头、扁担，甚至板凳、烟筒，随手操起都能耍几个套路，虽然来自山野，但即使与少林武当各大门派并立，也毫不逊色。

《封神演义》中梅山诸怪下场悲惨：虽然神通广大，但最终还是被名门正派悉数诛杀。

还有湘西南民间法事中无处不见、象征远古凶兽的饕餮纹、饕餮吞口……

我能联想到的梅山种种，无不指向上古历史中一个巨大的身影。

历史是胜利者书写的。我毫不怀疑，那场古老的战争中，若是这个身影最终没有倒下，中华文明的一切，确实有可能需要重置，而作为东亚大陆祖山的昆仑，更是完全有可能出现在湖南。

从中原到雪峰山：一个战败部族的出走

2000年4月，雪峰山腹地的大熊山林场发现了一块民国时期的石碑。碑文明确提到，此地自古以来，便是蚩尤的"屋场"所在。

湖南方言中，"屋场"的本义是宅基地，也多被引申用为"老家""故里"。

这并不是雪峰山第一次出现蚩尤的痕迹。在此之前，专家就已经在当地的族谱中找到了多处清代留下的"蚩尤"记载。

世代以来，雪峰山区域的乡民都将蚩尤奉为梅山诸峒的"开

山老祖"。以蚩尤屋场为中心，至少在六百平方公里之内，居民都称蚩尤为"地主""家主""家先"；而且将牛视为图腾，将房子的屋檐造得像牛角一样挑起，因为故老相传，蚩尤天生异相，头上长有两只尖角，就像一头牛；还将传说中他兵败被杀的日子四月初八，定为牛王节或者牛神节，每年都要隆重祭祀，甚至还排演黄帝与蚩尤的战争场景娱神。

作为黄帝最势均力敌的对手，蚩尤的籍贯之争自古就口水横飞。不过，只要换个思路，将雪峰山视为蚩尤战败被杀后流落到南方的余部最集中的聚居地，以至于被后裔视为故里，或许更接近历史真实。

正如史籍记载，蚩尤通常被视作苗人的始祖。蚩尤部原本生活在黄河流域，也创造了相当发达的文明，只是之后炎帝与黄帝部落崛起，蚩尤部族落败，被逐出中原，从黄河以南迁徙到长江中游、下游。

一部苗族史，可以说就是一部迁徙史，苗族没有文字，但他们将迁徙的路线缝在了衣服上。比如云南楚雄的苗人，便能说清楚："纵横交错的线条是田埂，坎肩的大花是京城，红绿线条代表一路经过的九条大河，其中黄河与长江，便是裙子下摆的那两条线。"

他们还将迁移的历史编成了歌谣，代代传唱。比如流传于贵州赫章的《苗族迁徙歌》，便详细叙述了祖先的来路："古时苗族住在直米力"，即河北一带，后来被"格米"（即黄帝）打败，一步步南下；渡过"黄色的大河"（即黄河），以及"斗那义慕大江"（即长江），最终千里迢迢抵达"花椒大坝子"。

苗人长老认为，这个"花椒大坝子"，就在今天的湖南。

这难道只是巧合吗？再看两首苗人民歌："日月向西走，山河向东行，我们的祖先啊，顺着日落的方向走，跋山涉水来西方。""西方万重山，山峰顶着天，好地方就在山那边，好生活就在山那边。"

显而易见，虽然具体路线不可考证，但无论服饰还是歌谣，都指明了古苗人总的迁徙方向：由北而南，由东而西，由平地而高山，由河谷而森林，生存环境越来越恶劣。

由湘江而资江，终于，他们看到了雪峰山。

大熊山处于雪峰山山系东侧，总面积为17.7万亩，境内溪流纵横，溶洞无数，能深容几万人的山洞便有十余处，全山至今还保持有一万八千亩原始次森林，林密谷深，山峦重阻，资源丰富而又易守难攻，确实是一处庇护人类繁衍生息的极佳场所。

这支疲惫的蚩尤后裔，就这样成为第一批"梅山峒蛮"。

雪峰山里的"桃花源"

这些远道而来的"峒蛮"，似乎消失在了雪峰山中。

文献中，直到唐朝才偶尔出现他们的身影。根据《宋史》记载，他们的生存空间，"东接潭，南接邵，其西则辰，其北则鼎澧"（即东起长沙、南至邵阳、西至沅陵、北至常德，今资水中下游至洞庭湖平原），方圆将近6万平方公里。然而，直到10世纪初，这片山林仍是一块化外飞地，世代关门闭户、"不与中国通"，更不服徭役不纳粮（九黎部族的瑶人因此也被称为"莫瑶"），过着原始的刀耕火种和渔猎生活。

傩，一种古老的原始巫舞。梅山地区自古以来就盛行傩戏，其中有一种"庆娘娘"，尤其受欢迎。

所谓"庆娘娘"，指祭祀梅山娘娘。梅山山民信奉的主神中，有三位仙娘。其中大娘娘沉默寡言，称为病娘娘；二娘娘行为诡异，称为鬼娘娘；三娘娘风流放荡，称为骚娘娘。"庆娘娘"时，三娘娘的戏份最多。

傩戏并不是寻常的戏剧。它本质上属于一种法事，故而往往要在娱神祈福或驱鬼逐疫时才排演。通常而言，傩师戴上木壳面具的那一刻，他就化身成为所饰演的神，拥有了神的性格与法力。

而在"庆娘娘"时，三娘娘最喜欢和男人打情骂俏，也不反感被调戏，并且越野越开心，动作语言尺度都相当大。

一些梅山神坛上，会有一块红色"云头布"，象征的竟是张五郎妻子的月经布。传说中，她正是以此来破了太上老君的飞剑追杀。

种种迹象表明，直到今天，梅山地区仍有不少母系氏族的痕迹，让人隐约可以想象那数千年不受打扰的"莫瑶"时代。

卫星图上看，雪峰山山脉像极了一只匍匐在南岭与洞庭湖之间的鬣狗状野兽。

从长安到洛阳，从塞北到江南，黄帝遗下的江山，王旗不断变换，这座被蚩尤后裔悄然占据的兽形山林却"不知有汉，无论魏晋"，以至于有不少学者猜测，陶渊明笔下的"桃花源"，其实更有可能出现在雪峰山。

某种程度上，梅山有"桃花源"式的存在符合逻辑。

大西南的华夏化，其实从先秦便已经开始，不过以当时的国力，一般只能沿着河水线状深入——东汉马援平武陵山的五溪蛮，走的便是水路。

湖南独特的地形，令这种华夏化在很长一段时间也像湘资沅

澧四水那样，大致都呈南北纵向发展，再慢慢横向扩散开来。这需要一个漫长的渗透过程（马援最终病死湘西，也可看出这种扩散的艰难），而雪峰山在其间的阻碍，更是延缓了东西之间的交流。梅山之所以能够长期独立，首先便是因为位处这种纵横拓展不均匀而产生的盲区。

然而，任何一个王朝都不会容忍自己的版图中潜伏着不受羁管的因素。随着中央政权的成长壮大，这种"国中之国"的盲区势必越来越刺眼。就像以梳梳发，梳齿只会越来越密，梅山被攻克是迟早的事。

开梅山："不持寸刃"背后的血腥清剿

此次梅山之行，我曾经有过茫然。

如前所述，梅山虽然不算大，但面积也将近6万平方公里。对于一个专程前来探山的外省人，真有些不知从何入手的困窘。不过，我很快就查询到，梅山峒蛮也有自己聚居的核心区，即雪峰山的东麓北段，而这一区域，还可以分为两大部分：其中南段地势较高，称为"上梅山"；北段地势较低，称为"下梅山"。

按照今天的建置，上梅山，对应着新化县的上梅镇；下梅山，则对应着安化县的梅城镇。

梅山的山门终于被撞开时，朝廷上坐龙床的已经是赵家人。

作为县，新化与安化，都设置于公元1072年。它们的设置，标志着梅山正式被纳入大宋帝国的版图，从此接受朝廷的管辖："王化一新"谓"新化"，"人安德化"谓"安化"。

"熙宁天子圣虑远，命将传檄令开边。给牛贷种使开垦，植桑植稻输缗钱。不持寸刃得千里，王道荡荡尧为天。"

若是从当日经略梅山的主帅——章惇的诗中来看，梅山的开化"不持寸刃"，似乎不费吹灰之力，峒蛮简直像是早已对归化朝廷迫不及待，王师一到，立刻抛械投降，甚至还争着抢着为他们在前面引导开路。

这样的诗句令我疑惑。这里，毕竟是蚩尤后裔经营了数千年的梅山。

我想起了从娄底前往梅城镇时，在下梅附近所见的那一重重大山。在途中我还见到了一块"高明乡"的路牌。我知道那个乡里有一处"驿头铺"，地势极其险要，号称九关十八锁，是梅山最重要的门户。上面埋葬着一位五代时期名叫"王仝"的将军。对于梅山，他其实是侵略者，公元929年，他受长沙的马楚政权派遣，率领一支军队攻打梅山，在此兵败自刎。

这附近还应该有一座"扶王庙"，供奉的是当时的梅山峒左甲首领扶汉阳，王仝便是败给了他。四十多年后，宋太宗再次调集诸州兵马攻打梅山，与王仝时相反，此役梅山大败，老首领跳崖身亡，族人被官兵俘虏了两万多，只遣返五千老弱，其余被全

部斩杀。

不久，宋军再次进攻，又获大胜，仅割下来邀赏的峒蛮耳朵便有上千个。

查阅开梅后章惇从梅山收录的峒众：14809户，19089丁，还不够太宗时一次杀的。真相其实很明显：说什么"王化一新""人安德化"，不过是被杀得怕了，杀得快绝了。

王仝与扶汉阳的死，足以说明梅山的开山，不可能真的如诗中所写那么祥和、那么顺利。双方势必经过残酷的长时间搏杀，直至以国家之力，将一座孤山的元气消耗殆尽。

千年之后，恩怨早已淡去，但直到今天，梅山的山民们还以各种方式缅怀着自己的英雄：扶汉阳被奉为"梅山王"，不仅各地纷纷建庙祭祀，甚至还将多处山峰改名为扶王山。安化县的梅城镇，即所谓的下梅，更是家家户户都在神龛上供奉象征扶王的"梅城助福正神""梅城福德正神"。

在新化县的田坪镇，我目睹了一场传统傩戏的片段。

与传说中的"庆娘娘"不同，那场傩戏相当庄重，不仅请出了供满神像的傩坛，还在坛前画了一个4平方米左右的八卦台，傩戏就在上面表演。开场时，还有一段严肃的祭坛形式：傩师们头戴混元冠，身披青紫道袍，手持各种法器，以类似于禹步的步法，踩着地上的卦位，一圈圈疾速游走。

专家告诉我，这称为"制席"，象征着坛主即蚩尤在排军布

雪峰山
蚩尤屋场

阵。而这套傩戏有个古名，叫"踏九州"。

我因此记起来，强烈的"军事化"，是梅山傩戏的一大特点，除了蚩尤，还有韩信、孟公等，许多主要的傩神都能调兵遣将，张五郎更是被赋予了一个大帅级别的兵主神格，统领三王九姑七十二醮、五路神兵、五路坛神、五路梅山等七十二路猖兵，俨然是一个造型另类的大将军。

鼓钹敲击、法袍翻滚。我从低鸣的牛角声中，隐约听到了一个男子深沉的声音，忽而咆哮，忽而呜咽。

梯田、三清与文塔：一座蛮山的汉化轨迹

除了上下梅，梅山还有"三峒"之说，即"上峒梅山赶山打猎，中峒梅山捐棚看鸭，下峒梅山打鱼摸虾"。这说的便是峒蛮时期梅山不同区域的生产方式，但总的概括起来，都可以归入渔猎范畴。

张五郎的原型便是一位武艺高强的猎手。梅山武术的很多招数，也是从狩猎动作演化而来。

在一定程度上，紫鹊界梯田见证了梅山开山前后生产方式的改变。

据说，因为山高路险，紫鹊界的原名是"止客界"，而今天，却作为中国苗、瑶、侗、汉等多民族山地稻作文化的历史遗存，

紫鹊界

被列入全球重要农业文化以及世界灌溉工程遗产名单。

紫鹊界位于新化县的水车镇，属于雪峰山山脉奉家山系的中部，共有梯田56000多亩，仅核心连片区就在2万亩以上，遍布于海拔500米至1100余米的十几个山头，最大的不过1亩，最小的只能插几十蔸稻禾，上下400余级，连绵起伏，辗转盘旋。

当地流传的一个故事，足以说明这处梯田群的精细。说是从前某位农夫有个习惯，每日结束劳作回家之前，都要细心数一遍自己的田块数量。某日无端少了一块，农夫大急，反复检点方才释然：他笑自己荒唐，竟忘了箬帽下面那块。

当地学者告诉我，紫鹊界梯田起源于先秦，但真正发展要到宋代，也就是开山之后。

显而易见，开梅之后，梅山的主要生产方式逐渐从渔猎转向了农耕。

对于个体,由猎手转化为农夫,无论体能还是自由,都意味着下降;然而,对于一个群体,农耕却肯定比狩猎更能提供稳定的生存保障。再联想到开山时,章惇代表朝廷做出的许诺:贷牛给种,教之耕犁,允许瑶汉两家自由贸易——对于梅山峒蛮,归化虽然屈辱,但客观上未必对壮大族群无利。

　　事实上,史书有载,从唐后期开始,梅山峒蛮便有了多次下山骚扰的记录,甚至还攻入过长沙。这种激怒朝廷、促使其愈发坚定清剿决心的行为,看似不理智,背后反映出的,其实是一个日益膨胀的部族与有限的梅山资源之间越来越难以解决的矛盾。

　　当然,从朝廷的角度,农耕代替渔猎只是第一步。这座蛮山已经撒野太久,亟须洗濯净化。于是,在开山的第三年,新化、安化两县相继建起了学宫,教化瑶民移风易俗;同时新化建承宁寺,安化建启宁寺,中原文化全面植入。

　　"江西填湖广"与"湖广填四川",湖南历史上两次人口大迁徙也加速了梅山的汉化。大量涌入梅山的江西人更是带来了龙虎山的道教。道家的"三清"逐渐坐上了梅山人神龛的最上层,张五郎更是被传成了太上老君的徒弟,甚至拐跑了老君最疼爱的小女儿——梅山神话中,她有一个极其有趣的名字"急急",直接来自那句熟悉的"太上老君急急如律令"。

　　当然,汉文化的主流还在于儒学。我在新化县城的城北,看到过一座高大的七层八角青砖塔。这座塔始建于清朝嘉庆年间,是湘中有名的古迹。新化人告诉我，这其实是一座文峰塔。清代前期，新化学子科考成绩始终不理想，有风水师分析，说是县城东南高、西北低，文气留存不住，须得造塔以镇之。士绅闻言，遂集资造了此塔。说来也奇怪，塔成当年，新化便中了不少举人进士。

由耕而读，由读而仕，从梯田到文塔，一座蛮山的文化皈依有迹可循。

从"荆楚"到"湖湘"：承上启下的梅山文化

新化上梅镇，安化梅城镇，这个初冬，我依次探访了当年章惇开梅所设置的两个县，也就是梅山曾经最正统的峒蛮。

说实话，前往梅山的途中，我的心中不无忐忑。

"凡有外人，进入梅山，手脚务必稳重，一草一木亦不可摘折亵渎，因为随处都可能寄居着神灵。"

"山石瓦块同样不可乱动：梅山猎人进山前，都要到偏僻处，用三块石片搭成一座小石屋，杀鸡燃香，祭请梅山山神土地，念咒打卦后才可以出发。"

"梅山地界，每逢岔路，路口往往竖有'挡箭碑'。除了指示方向，还篆有符咒和'弓开弦断、箭来碑挡'八个大字。它们是梅山地区独有的禳祸形式，用来消解一种专门克害小孩子、被

称为'将军箭'的恶煞。"

"也有人说射出'将军箭'的,便是张五郎。虽然已经成神,但他喜欢恶作剧,行人一旦中了他的箭,便会被弄得五迷三道,走错道路,因此本地人又称他为'倒路鬼'。"

……

民俗资料读得越多,梅山于我便愈发神秘,尤其在穿越雪峰山隧道时,我甚至幻想,隧道的出口,会不会通往一个古老、诡异,甚至不无危险的蚩尤秘境。

然而,斑马线红绿灯,大排档娱乐城,我看到的,只是两座寻常的西南小邑。

新化资江

从头到尾，我根本没有找到过任何一块"挡箭碑"。

同样消失的，还有张五郎的祭坛。虽然在很多户农家，中堂最显眼的位置依然是神龛，但都已经被清空，换上了先人的照片。

至于狩猎，更是在多年前就被禁止了。

我还发现，今天的雪峰山山区，居民的主体已经变成了汉族。开山之后，由于战争、不堪朝廷赋税等原因，大量梅山峒蛮迁往云贵、两广，其中不少瑶民扩散到东南亚各国，后来又因印支战争成为难民，被联合国遣送到欧美各国。虽然流浪天涯，但这些瑶民世世代代思念着家乡，因此有了勒穆瓦纳博士发现的《又到游梅山三十六峒念》。

除了凶悍的武术与泼辣的山歌，以及偶尔几户山民空置的神龛上隐约的符箓印记，在梅山故地，我没能找到当年峒蛮的多少痕迹，正如我在新化资江大桥上看到的资水，平缓静流，不动声色。

但我知道，这只是表象。历史上的资水，滩多水急，尤其新化一带的梅山故地，更是陡险异常，有七十二险滩之说，行船十分危险，因此还诞生过"毛板船"的传奇。

"毛板船"，指的是用松木板制作的船形木筏，不抛光、不打油，毛毛糙糙，直接用马钉钉成。船翻多了，新化人干脆造出这么一种一次性的船筏运载货物，一口气放到下游，到码头后，不仅把货带到，最后将船也拆了，当木料来卖。

这事实上是孤注一掷的赌博：不出事则利益最大化，一旦出事，因为船只简陋，几乎是有死无生，因此新化还流传开了一句土谚："一个包袱一把伞，拼死亡命驾毛板。"

据说这种船与湘军还很有渊源。曾国藩打太平军，营建水师，特地在资江中游沿岸，即古梅山区域招募了一批毛板船水手，后来他们都成了湘军的骨干。

曾国藩自己便是在梅山文化圈中长大的，他出生于湘乡县荷塘都的白杨坪，离安化与新化都只有几十公里。我还因此想起，为革命慷慨蹈海的陈天华是新化人；影响了谭嗣同一生的恩师黄凤歧是安化人；著名经世派思想家陶澍也是安化人；"睁眼看世界第一人"魏源，同样是梅山区域的隆回人……

"半部中国近代史由湘人写就。"

学界通常将18世纪以来湖南人的辉煌归功于湖湘文化，而湖湘文化的基本精神，则公认有四："淳朴重义""勇敢尚武""经世致用""自强不息"。

这四句评述，隐约让我看到梅山的影子。

然而，正如湖南建省之晚，湖湘文化的建构要到两宋之后才开始。在此之前，这块大地上主流的还是源自春秋战国的荆楚文化。而在荆楚文化的浪漫与巫风上，我也看到了梅山。

正如雪峰山一山连接湘西湘东，在文化上，梅山上承荆楚，下启湖湘，将三千年湖南史贯通一气，形成了今天的湘人性格：倔强、剽悍、朴拙、勤劳、不畏强暴、不服权威……

"霸蛮"！

这两个字，尤其凸显了传承自蚩尤一系的峒蛮血性。

我忽然意识到，纵然被人逐渐遗忘，纵然连名字都改成了雪峰山，但梅山从来未曾退场。它早已融入湘人的血脉，成为湖湘文化最强劲的一个源头。

河山紀行

丽水：
古堰通济

GUYAN TONGJI

河山纪行 HESHAN JIXING

我越来越觉得，这是一条被严重低估的江。

在浙江省，它八百里的长度仅次于钱塘江，然而，历代却很少有著述提及，如清人顾祖禹著《读史方舆纪要》时，将它一笔带过，反而用大量篇幅去描绘短得太多的浦阳江与苕溪。

我说的正是瓯江。

或许连当地人也没有真正重视这条江。通常要到青田之后，人们才将它视为瓯江，在此之前，往往随口称呼，"好溪""恶溪"，甚至"大溪""小溪"——事实上，这条江早在"大溪"阶段，也就是今天丽水的莲都一带，便已显露出了大江大河的气象。

一种浩渺，世代以来就这样被官方与民间有意无意地共同忽视，以致一项足以载入世界史的伟大工程，竟然就在世人眼前隐藏了十几个世纪。

全世界最早的拱形大坝与水上立交桥

首先是一个"圳"字令我感到亲切。

字典里，这个字的读音是"zhèn"，但在浙中南民间，它常常被读成"yue"或者"yan"，还是老辈农民熟悉的少数汉字之一，频频出现在各种场所，又成为我们小时候最早认识的字之一。

这是一种约定俗成的简化。他们真正想说的，其实是"堰"。堰，农村最常见的一种拦河坝，天旱可以蓄水，天涝可以排水。对于拿惯了锄头的手，画三道线，比描一个"匽"字省下很多力气。

直到今天，丽水莲都碧湖镇的堰头村，还是被很多人写成"圳头村"。

堰头村，因堰而得名。村在松阴溪旁——松阴溪发源于遂昌贵义岭，经松阳聚拢松古盆地诸水而入莲都，为瓯江的一大支流。

那条始筑于南朝梁天监四年（505）的古堰，就建在村口的松阴溪上。

关于这道堰坝，文献记载的数据大略如下：全长275米，坝底宽25米，顶宽2.5米，南端与南岸山岩相驳接，整座大坝呈凸向上游约120°，截面呈不等边的梯形，前底面向下游倾斜呈坦底。

枯燥的数字描绘的坝体大多已隐没于水底，我能看到的，只是横截江面的一道黝黑的长线——露出水面的坝顶。令人诧异的是，坝体并不是直线，而是形成了一个"C"字形的弧线，凹口顺着水流的方向，以弯曲的背面阻挡着奔涌而下的激流。

受到阻挡的江水发出了低沉的轰鸣。一只白鹭紧贴水面，沿着坝的方向滑到了对岸。

这个来自一千五百多年前的弧形有着极其重大的意义。它有力地证明了，我国是最早修建拱形大坝的国家。在西方，要到

16世纪，西班牙人才修建了类似的爱尔其坝。

令人惊叹的是，这条堰坝并不是这段水域拥有的唯一一项世界第一。

在距离堰坝进水闸的300米处，有一座建于北宋政和初年的引水桥，巧妙地采取了立体交叉的方式，在堰渠上架设石函，引山上下来的涧水南流入溪；渠水则从石函下向东流过，如此涧水渠水上下畅流，互不相扰，尤其可以避免山涧水冲下来的泥沙淤塞；最上层再架设桥板，供人行走——这座千年石函，分明是一座人类保存至今的最早的"水上立交桥"。

小小的堰头村，竟然保持着两项世界纪录。这本该是一种莫大的荣耀，但这个瓯江边上的小村子，却似乎有意无意在掩藏着这道玄机重重的堰渠。

在堰渠两岸，村民栽植了两行樟树，说是能够借助这种顽强植物的发达根系巩固堤坝。千年下来，这些古樟都已长成数人才能合抱，尤其在村口附近，更是连绵成林、遮天盖地。

堰坝，沟渠，驿道，老宅，先人所有的遗迹，都被隐入了这团浓绿。

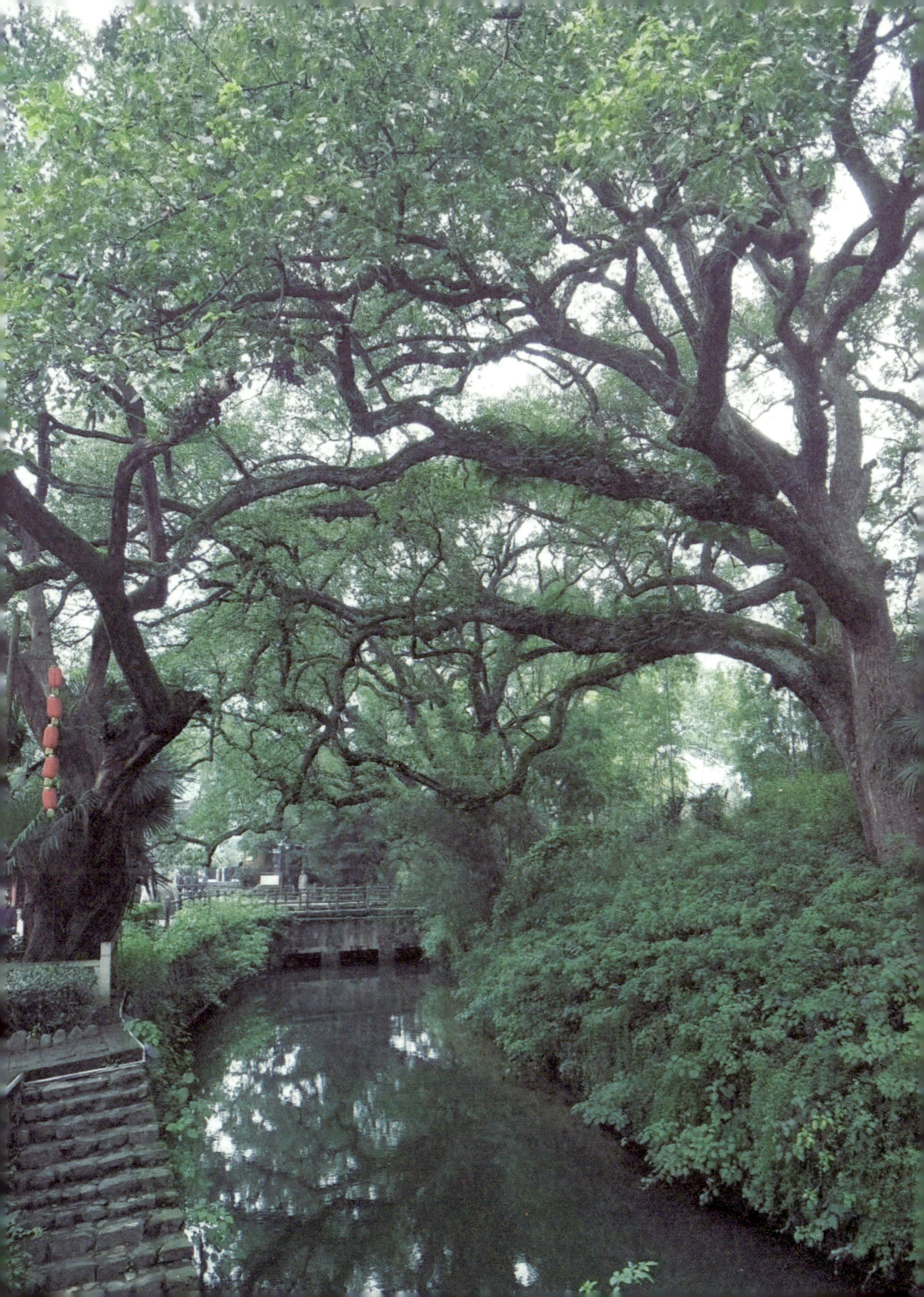

乱世仁心：两位司马的通济之愿

堰名通济。

作为农耕时代最基本的水利工程，它每天能从松阴溪截下大约20万立方米的水，可灌溉约42000亩的农田，灌区受惠人口达3.54万人。

可以说，它盘活了整个碧湖平原。丽水地处浙西南山区，素有"九山半水半分田"之说，平地极少。碧湖平原坦荡丰沃，面积约80平方公里，为古处州（即今丽水地区）三大平原之一。建堰之前，松阴溪桀骜不驯，雨季泛滥成灾，旱季白白流失，通济堰建成之后，涝则可排旱则可蓄，整个平原都成为重要产粮区，直到清代，所出粮赋还占到丽水全郡三千五百石中的二千五百石，可见此堰在地方经济中举足轻重的作用。

这么一道功德无量的堰坝，建造者却没有留下完整的名字。

"詹司马、南司马，名佚无考，生卒年不详、籍贯不详。"

一千五百年，足以抹尽通济堰缔造者在这世间所有的痕迹；然而此后一千五百年，这段江水却依然遵循着这两位都只剩下一个姓的司马画下的轨迹奔流。

"天监四年"以及"司马"，无论是属于南北朝的年号，还是司马这个来自军政的武职，都将这道堰坝的初始指向一个黑暗而血腥的时代，指向一种紧张而压抑的气氛。

但两位司马留给我们的，却是一道袅娜的弧线：相比如剑锋般的直线，半圆形的弧度更能令人感觉松弛，甚至还有某种程度的空灵。

是什么让两位行伍出身的司马知道，采取拱坝形式，能使江水沿着半圆形的坝心泄流，从而减少对堰坝的冲击力，能抗拒更大的洪峰呢？

有许多传说试图诠释两位司马的灵感由来：或说他们看到了白蛇游水，或说他们看到了村姑浣纱。

我不懂水流的力学，但我能理解这些传说与通济堰堰坝的共同点，那就是一种柔软。

由直到弯，看似简单，其实有了本质的改变：坝与水之间，再不是火星四溅的碰撞，也不是剑拔弩张的对峙，而是谦逊的迎接，含笑的导引，彼此举案齐眉，柔情脉脉。

当年毛泽东论战，以胡琴琴弓做喻，说不妨多走走弯路，走走弓背。一条线，垂下两肩，姿态越低，往往力量越大，越能化解更多的暴戾。

一阴一阳谓之道。让过锋头，四两能拨千斤，柔弱可胜刚强。

以一条弧线为起点，通济堰在处州腹心旋出了一个巨大的太极，旋出了一个富庶的粮仓。

观看通济堰沙盘时，我注意到，大坝建在了碧湖平原的西南角。这无疑是经过精心测量的——碧湖平原地势西南高东北低，如此选址，可将堰水的灌溉面积发挥到最大。不过，我更感兴趣

的是，设计者将大坝建在松阴溪与瓯江干流龙泉溪合流的上游数百米处。这令我莫名萌生了一个荒诞的念头：撇开水利因素，詹、南二位司马选中松阴溪单独截水，而将水量更充沛的龙泉溪阻挡在整个工程之外，是否含有深意？潜意识中，他们是不是不想让一方良田沾染杀伐之气？

毕竟，自古以来，龙泉便是天下最著名的刀剑铸造基地。

对着沙盘，我忽然意识到，司马虽说是个武职，但主要职责之一便是筹措军粮。在农民眼里，他们自然是威严的军人；但在真正的军人眼里，他们却不过是披了身铠甲的农民。

从柴木坝到石坝：一道弧线的脱胎换骨

公元1093年，时任处州知州的会稽人关景辉来到通济堰。在堰旁，他看到了一座小庙，但是墙宇颓圮，所供奉的神像更是残缺破败，已经辨认不出是谁了。他找来当地人询问，才知道这座庙其实是丽水人建来祭祀为他们筑堰的詹、南两位司马的，却已经荒废多年；从前庙里还有一些记载堰渠掌故的碑刻，但早在六十年前就被大水冲走了。

关知州闻言，不胜唏嘘。他感叹道，如果坐视不管，那么随着壮者老去老者逝去，古人的功绩势必将会彻底湮没。因此，他拨发库银，将司马庙修葺一新，并亲自撰写了《丽水县通济堰詹南二司马庙记》，铭刻为碑流传后世——此碑保存至今，成为所能见到的最早记载詹、南二司马建堰的史料。

两位司马固然应该感谢，但对于通济堰，关景辉本人也是一位重要的功臣。事实上，他来通济堰就是为了视察大坝与水渠的整修工程。因为就在上一年，处州大雨成灾，松阴溪溪水暴涨，冲垮了通济堰坝及多处水渠。

这样的情况其实已经发生了很多遍。根据史料记载，詹、南二司马初建通济堰时，为"木荾土砾坝"，也就是将竹木编为筐笼，填以砂石，投入水中渐次垒成，即俗称的柴木坝。这种坝几乎每年都需要加固维修，费工费力，一旦长期失修，便容易在洪水季节坍塌。

但我们现在看到的通济堰却是石坝。南宋开禧二年（1206），也就是关景辉重修司马庙的113年后，通济堰进行了一次史上规模最大的翻新，用上千根巨松嵌入河床作为坝基，再压以巨石；

巨石预留榫卯，彼此切合连接，并在接榫处浇铸铁水，如此环环相扣，直至将整座石坝连为一体，终于结束了七百余年修修补补的日子。

据说，这次将柴木坝升级为石坝的大修足足持续了三年，还动用了三千名朝廷的士兵。

主持这项浩大工程的，是告老还乡的龙泉人何澹。何澹官做到副宰相级别，但也惹下了不少是非，以致在《宋史》中得了不少差评。不过到今天，一本旧账早已烂透，再没有谁会关心当年的恩恩怨怨，人们眼中看到的，只是一座历经千年风雨却仍岿然屹立的大坝。

临终之时，何澹嘱咐子女，将自己安葬在堰头村的后山，与通济堰遥遥相对——这位主持过军国大计的老人，在生命的最后，似乎将重修这道古堰视作了一生最重要的事业。

清同治及光绪年间的《通济堰志》，收录了历代为通济堰做出贡献的官员士绅，包括主修、策划、督修、捐助、董事等，仅有名有姓者，便不下三百人；民间传说中，更是有很多为修建堰坝献计献策甚至献身的土著英雄。

那条来自南朝的弧线，被无数双手反复书写，直至深入河床，永不泯灭。

守堰：一场关于水的世代修行

在通济堰的修建史上，苏州人范成大也留下了浓墨重彩的一笔。

这位著名的南宋诗人是以地方官的身份来到处州的。与他那些有责任心的前任一样，范知州也对通济堰进行了大规模的修浚。不过，今天看来，他对通济堰最大的意义是为其制定了一部堰规。在这部多达20条的堰规里，范成大彻底放下了诗人对文字的洁癖，"卯时上工，酉时放工；或入山砍茭，每工限二十束，每束长一丈围七尺"，诸如此类，不厌其烦，甚至有些絮叨。对通济堰的养护与使用，堰规涵盖了每一个环节、每一项支出，所涉及的账目，更是细致到每一文钱。

举一个例子。在"堰概"一条，范成大不仅明确了每一级别堰渠的宽度——大坝将松阴溪水拦入引水闸后，干渠分为四十八条支渠和三百二十一条毛渠，通过六座大概闸和七十二座小概闸分流调节，在碧湖平原上形成了竹枝状的储溉系统——还规定了相关渠闸的使用原则。比如，大旱之年，内开拓概便只能开闸放水三昼夜，第四日便得封闭让水。

范成大亲自书写了这部堰规。诗人之外，他也是一位造诣深厚的书法家，时人评价其笔力直逼苏轼、黄庭坚。一篇约束性的文字，却让书法家的胸怀得到了最舒展、最潇洒的展示。

我在今天的司马庙见到了铭刻着这部堰规的石碑，只是除了

碑额上还能依稀辨认出"重修通济堰规"六个大字，碑身上的字迹都已经模糊不清，毕竟是几个朝代前的物件了。

有人做过比较，堰区现有的水系网络，与宋绍兴八年（1138）县丞赵学老绘制的《通济堰图》几无二致。司马庙中，十多通碑刻，宋元明清首尾衔接，更是以官方的权威，铭记了一部长达千余年的守堰护堰史。

每一次严格依照原址的翻修，都是向范成大与何澹等先贤的致敬，但我更想得知通济堰的民间养护状态。这次采风，我有幸遇到了一位守堰人。应该说，守堰人只是个笼统的称呼，关于通济堰的管理与维修，范成大的堰规中，有各种职能分工。比如说"堰首"，总理堰务，每天早晚都要巡查所有堰堤、斗门、石函等，如有破坏，及时组织抢修；"堰首"下面又有"监当"与"甲头"，层层分管；还有六名专职"堰匠"，常年看守堰坝、斗门等"要害去处"；另外还有"堰司"与"堰薄"，相当于文书和会计，专门统计派工情况和工钱账目；还有看守斗门船缺的"闸夫"、负责管理渠概的"概首"……

出现在我眼前的守堰人却无法说清楚自己的身份。这位面色黧黑、四十多岁的憨厚汉子，只反复说他家祖上几代都是守堰人；而我，也难以听明白他每日负责的具体工作。两人不禁都有些着急。

我记起了他的姓，"诸葛"。我知道，这极有可能是一个外

来的姓氏,因为浙江几乎所有的诸葛氏人都来自兰溪。

我试探着询问起他的祖籍。果不其然,他并不是本地的原住民,是从太爷爷那一代才迁来堰头村的。于是我问他,作为一户外来姓氏,怎么也被任命为守堰人了呢?而且一做就是三代,做成了整个堰头村最出名的堰渠守护者——当我提出希望能够采访一位当代的守堰人时,几个当地朋友推荐的都是他。

我的问题让诸葛大哥思考了好一会儿,但他回答的还是那句话:"我太爷爷那代就开始做了。"

无疑,这次采访有些不得要领。百无聊赖,我看着身边的风景。

农舍门前的小小河塘,有阳光,有妇人在塘边汰洗衣服。一条肥胖的黄狗趴在一旁。河对岸是一片小竹林,竹林里用纱网围养着一群本地的麻鸭;橘树林则挂果金黄。水流缓慢而平稳,据

说下游不远处,便是一片极大的湿地,有各种鸟,甚至还有濒危的秋沙鸥……

我们是在一座单车道简易石桥上谈话的。桥下的水,从4000米外的通济堰而来,在桥的出水一侧设有三道概闸,将渠水分为中、东、西三支。根据竖在一旁的工程铭牌,虽然已经用水泥板代替了原先的条石木枋,但每一道概闸的尺寸还是严格依照范成大的规定——在堰规里,这座名为"开拓"的堰概曾被范成大频频提及。

这里应该是整个堰灌系统最重要的枢纽。然而,当我侧身避让过桥的汽车,当我凝望在堰水里盘旋而下的菜叶,当我的思绪从半开半闭的堰闸游离到闸外的田亩与湿地,忽然又想起了那个

"圳"字。或许，它才更接近一座堰的本质。

是啊，何必弯弯曲曲拐出一个复杂的"匽"呢，再高深的原理、再复杂的工程，说到底，不就是在地里刨出几道水沟吗？

一双成功的鞋是让穿者忘了它的存在，一部堰规也是如此。正如堰水通过支渠毛渠灌注整个平原，范成大的堰规，早已渗透到碧湖百姓的日常生活当中，再无须去刻意记忆，更无须拘泥自己的职责与身份。

漏了就补，堵了就疏，塌了就砌，朽了就换。

一场关于水的千年修行，就这样落地生根、世代传承。

河山记行

绍兴：鉴湖探酒

JIANHU TANJIU

茅台：北纬 27° 79′；

宜宾：北纬 28° 47′；

泸州：北纬 28° 52′；

吉首：北纬 28° 31′；

射洪：北纬 30° 52′……

但凡能喝上几杯的人都会知道，上述的每一个地名背后，都有一种中国著名的酒：茅台、五粮液、泸州老窖、酒鬼、舍得……神奇的是，这些顶级名酒的产地，几乎都处在北纬30°线附近；北纬30°线，也因此被称为中国的"酿酒龙脉"。

北纬29°42′，古城绍兴就位于这条"酿酒龙脉"的最东端。

从"投醪河"到"女儿红":酿酒龙脉上的江南酒乡

在今天绍兴市的稽山中学附近,有一段河流,宽约7米,东西长250余米,看起来很普通,然而,两千四百多年前,越人正是从这里出发,走成了一个伟大的传奇。

公元前473年,经过会稽山下的"十年生聚、十年教训",越王句践终于开始了对吴国最后的复仇。出征那天,父老前来送行,送来几坛美酒;句践当即将其倒入这条河中,号令三军一起迎流共饮,以此激励将士。从此,这条无名小河便被称为"投醪河",直至今天。

古越大地,不仅有金戈铁马,更有舐犊情深、儿女情长。早在魏晋,上虞人嵇含所著的《南方草木状》中,就有"富家生女、嫁女必备女儿酒"的记载,这个习俗同样沿袭到了今天。依照老规矩,绍兴人一旦得女,便会用当年新米酿成几坛好酒,仔细装坛封口后,深埋于后院地下,待到女儿长成出嫁方才取出,作为婚宴待客之用,称为"女儿红"。讲究的人家还要在酒坛上刷红涂金、描龙画凤,故而又称"花雕酒"。

绍兴人与酒的渊源可以追溯到河姆渡文明。大禹治水来此,便曾有过担心饮酒误事而下令禁酒的传说。正如宋词所云"山村水廊酒旗风,无处不酒家",千百年来,绍兴的酒风一直盛行不衰,上至缙绅,下至乡老,文人墨客,贩夫走卒,几乎无不喜欢喝上几口。历史名人更是个个与酒有缘:饮中八仙贺知章、曲水

流觞王羲之、酒狂啸傲陆放翁、醉墨淋漓徐文长……就连秋瑾，身为女子，竟也"貂裘换酒也堪豪"。

孩子满月要喝"剃头酒"；长到一周岁要办"得周酒"；之后每逢十岁生日，都要办寿酒；直至去世，还要办"白事酒"……正如"投醪河"与"女儿红"，对于绍兴人，酒已经不再是一种单纯的佐餐饮料，而是深入生活的方方面面。就连他们的饮食，都因为酒形成了独特的风味——明明生在江南，全中国最丰美的鱼米之乡，新鲜食材随手可得，却偏偏什么东西都喜欢拿来酱一酱：酱鸡、酱鸭、酱肉、酱肠；霉一霉：霉冬瓜、霉苋菜、霉千张、霉豆腐；或者糟一糟：糟鱼、糟鸡、糟鸭、糟鹅、糟肉；甚至干脆直接醉：醉虾、醉蟹、醉麻蛤、醉红菱……

总而言之，绍兴人所理解的每一种人间美味，都得像酒一样，必须有个发酵的过程。或许，他们追求的是一种时间对于味蕾的加持，正如他们喜欢将够年份的好酒称为"老酒"。

不过，绍兴人说的"老酒"，规范的名称，应该是"黄酒"。

在那条几乎被白酒贯穿首尾的酿酒龙脉上，绍兴酒是唯一的另类。

"天地玄黄，宇宙洪荒。"这种苍茫而厚重的酒色，虽然偏处江南，区区绍兴，却因此割据了酒国版图的半壁江山。

后翻浪：隐藏在小桥流水间的壮怀激烈

相比金元之后才大行其道的白酒，商周时代便已经出现，至少有三千年酿造史的黄酒，更有资格被称为中国的国粹。

黄酒是世界上最古老的酒类之一，与啤酒、葡萄酒并称三大古酒，起源于中国，而且为中国所独有。黄酒的产地虽然很多，有所谓北方黄酒、南方黄酒两大类别，南方黄酒还可细分为苏派、沪派、甬派、闽派等，但其中名气最大的，无疑还是绍兴黄酒。

绍兴黄酒的历史非常悠久。据文献记载，春秋战国时期绍兴酿酒业就已经很普遍，南北朝时成为贡品，唐宋以来影响力越来越大，明朝之后，已然"越酒行天下"。到了清朝，仅东浦一镇三千人家，制酒者竟有千户。光绪年间，绍兴城乡酒坊向清政府核销酒税的数额便有18万缸（每缸310公斤），这个数字还不包括散落在民间不少于6万缸的私人家酿。

与其他地方的黄酒相比，绍兴黄酒有一种晶莹透亮而不失厚重的独特琥珀色，天然带着几分暖意，甜糯甘醇，第一次品尝的人，很容易把它当成饮料。然而，温婉的表象之下，绍兴黄酒却

埋伏着大禹劈山导江的力量，放倒过无数疏于防范的北方豪杰。

绍兴不仅有柔情似水、缠绵悱恻的越剧，也有慷慨豪放、激烈不亚于秦腔的绍剧。水的形态，火的性格，相比其他地方的黄酒，绍兴黄酒的后劲特别大，当地方言中还有一个"后翻浪"的说法，说它的劲道就像快船破水，前浪寻常，后浪却往往能够激到数十米外。

正如《汉书·地理志》所云："吴越之君皆好勇，故其民至今好用剑，轻死易发。"这片古越之地，早在春秋时代便以勇武、剽悍著称，直到近代，还被人誉为"报仇雪耻之乡"。然而，江南的儒雅与内敛，又令他们习惯于将自己的锋芒隐藏在杏花春雨和小桥流水中，知道该怎么用最柔美的方式，发挥出最强大的力量。

绍兴黄酒，很容易令人联想到当年勾践蛰伏在黑暗中的卧薪尝胆。

训诂学中，酿酒的"酿"，字形从酉、从襄。而"襄"的本义是"包裹"，与"酉"合起来表示"用谷物包裹酒曲"的酿酒过程。

用一碗黄酒，绍兴人悄然包裹起了一方水土的壮怀激烈。

鉴湖为记：绍兴黄酒的防伪标识

"从前绍兴有一种专门取水的船，船底有个洞，平时塞上木塞。到了地方，拔出木塞，水就自己冒上来，等到船舱差不多满了，再把塞子塞回去，一船水就可以摇回去了。"

酿酒人诸清理的描述，令我们很好奇：绍兴乃是中国最著名的水乡，河道纵横，到处是水，随处可以取用，为何还要如此郑重其事，特意设计一种船来取水？

诸清理是土生土长的绍兴人，也是一位绍兴黄酒文化的资深

河山纪行
HESHAN JIXING

研究者。他告诉我们，其实取水是绍兴黄酒酿造中最关键的一环。

蒋介石退出大陆前夕，第一任台湾省省长陈仪是绍兴人。他曾经想方设法，将一批绍兴最好的酿酒师请到台湾酿造黄酒，但无论他们怎么努力，酿出来的酒口感还是与本土大异其趣。

事实上，历代都有人想仿制绍兴黄酒。近些年来，有些外地厂商还把绍兴酒的全部制作过程拍摄下来，用同样的稻米同样的酒曲，甚至置办同样的容器设备，严格按照传统工艺流程操作，但就是酿不出绍兴酒的独特味道。

古人早就注意到这个问题，并且找出了原因。比如，清人梁章钜在《浪迹续谈》中就曾说过："盖山阴、会稽之间，水最宜

酒,易地则不能为良,故他府皆有绍兴人如法制酿,而水既不同,味即远逊。"

作为低度酿造酒,水质优劣直接影响着黄酒的品质,但很少有其他地方选择酿酒的水会像绍兴一般严苛,"易地则不能为良",甚至同属江南的苏杭也不行。

位于柯桥古镇东北三里的阮社,因魏晋时期竹林七贤中的阮籍阮咸叔侄曾在此隐居而得名,是绍兴黄酒著名的酿造地之一,区区一村,民国时期便有三百多家酒作坊,有"醉乡"之称。20世纪70年代,村中曾经挖出一坛陈年老酒,还附有一张酒坊单书:"近今酒税,绍兴独重,比较别区,数逾五倍。有避税之酿商,迁酿坊于苏属,充盈于市。质式与绍酿无异,惟饮后常渴,由于水利非宜。"

而这"最宜酒"的水,便是鉴湖之水。绍兴酿酒,有三大重镇,除了阮社,还有东浦与湖塘,而这三大酒乡,全部都在鉴湖边上——事实上,业内始终公认,正宗的绍兴黄酒,必须要用鉴湖水酿造,只要用其他地方水的,一概都是"仿绍酒"。

鉴湖原名镜湖,相传黄帝曾经铸镜于此而得名,实则是于东汉永和五年(140),由会稽太守马臻纳山阴、会稽两县三十六源大小沟壑溪流而成。鉴湖一带植被茂盛,山体多为砂石岩层,水流经层层过滤,清洁甘洌;而且鉴湖上游集雨面积较大,水源充沛,平均七到八天就能全部更新一次,更能保证湖水的鲜活。

尤为特别的是，鉴湖湖区基底埋藏有两层泥炭层，而这些泥炭层不但能够吸附湖水中的金属离子和有害的物质，还含有多种对人体有益的氨基酸和微量元素——而其中，可作为微生物生长的养分以及发酵促进剂的钾，含量明显高于其他地区。

"小时候，我们还经常去湖底挖泥，晒干了当煤来烧炉灶。"聊起泥炭层，诸清理又开始了回忆。这种深埋于水底的火焰，则令我联想到了绍兴黄酒甘醇绵软下的强劲后翻浪。

鉴湖，显然是为绍兴黄酒天造地设的防伪标识。

诸清理还告诉我们，虽然都是鉴湖水，但还是有很多讲究。当初马臻修筑成的鉴湖，面积约有206平方公里，比杭州西湖大三十多倍，碧波万顷，号称"八百里鉴湖"，但经过数千年的淤积，加之历代湖畔农民筑堰垦田，面积大为缩减，事实上已成为一个河湖状的散漫水系。酿酒用水，多选其中辽阔澄澈之处，即所谓"三曲"之水：第一曲，湖塘一带；第二曲，型塘一带；第三曲，古买桥一带。叶家堰村因为正在鉴湖第一曲上，历来便是各大酒坊取水的首选之地，故而又被称为绍兴酒源。为了防止取水工偷懒，在别处就近取水，古时候酒老板们便交给叶家堰的农户一把定制的竹签，规定取水的船夫每来村中取一船水，便来农户处领取一支签，凭着这根竹签领取工钱。

聊着聊着，诸清理的声音忽然慢了下来，内容也由黄酒转到了摸河蚌、拾螺蛳、捞鱼、钓虾等小时候在鉴湖畔的各种嬉戏。

绍兴
鉴湖探酒

"这个时节，刚刚入夏，不冷不热，最适合下湖游泳了。"说到这里，这位五十出头的黝黑汉子，目光辽远，似乎也漾着一池湖水。但他很快又拉回了话题："不过，现在的天气，已经不适宜取水酿酒。倒是该到湖边采辣蓼草做酒药了。"

从采蓼到冬酿：一场米与水的修行

"米为酒之肉，曲为酒之骨，水为酒之血。"

在绍兴，关于黄酒有这样的说法。水是鉴湖水，米是当年的精白糯米，而要制好被称为"酒之骨"的曲，首先便得做好酒药。

酒药，又称小曲、白药、酒饼，是我国独特的酿酒用糖化发酵剂，也是千百年来人们捕捉和驯养微生物最古老的方法。

黄酒酿造，本质上属于原料与空气中的微生物的接种过程，周围环境不同，接种的菌体也不同，所以各地酿造的黄酒口味都

不一样。绍兴南靠会稽山，北临绍虞平原，距离钱塘江江口杭州湾仅20公里。外围受海洋气流的影响，但又有四明山、会稽山山脉的屏障，形成一个外海内山、稳定而湿润的环境，很适宜培育酒药和酒曲；并且山林丰茂，空气中微生物较多，制成的酒曲菌种复杂，酿出酒来口味必然丰满而特别。

与鉴湖水一样，绍兴黄酒的酒药同样独一无二。某种意义上甚至还可以说，每一份酒药，都负载着千百年来绍兴黄酒最纯粹的基因传承：每年制作酒药时，都需要用上一年择留下来的优质娘药来引发。

除了娘药，绍兴人做酒药还少不了辣蓼草。

辣蓼草，也叫水蓼，是一种近水而生的野草，在我国有广泛分布。以前没有冰箱，农村人无意中发现，存放剩菜时如果撒上一点辣蓼草粉，即便六月酷暑也不容易馊。绍兴人便利用这一特性，将它用作了酒药的天然防腐剂，因为制作酒药通常都是在最热的三伏天。

然而，正式酿酒却刚好相反，必须入冬以后才开始："小雪"淋饭（制酒母）、"大雪"摊饭（投料发酵），直至翌年"立春"才开始榨酒。

从采蓼到冬酿，一暑一寒，绍兴人精心地敛藏着每一个年份的岁月精华。

手工酿造绍兴黄酒是一项强度很高的劳动。仅从发酵阶段糯米落缸后计算，传统酒坊每人每天至少看护百余口缸，每口缸一天要搅动上百次，每搅动一次阻力至少25公斤，累积下来，相当于每天要搅动250吨重量；而运送蒸饭到发酵缸的"送饭工"，每车100公斤，每天跑上100来趟，仅路程就接近10公里。

不过，相比体力，成就一坛绍兴黄酒更需要脑力。绍兴人每酿一次酒，都会请一位统揽全局的总指挥，称为"酒头脑"。每位"酒头脑"都是有着几十年酿酒经验的老师傅，对酿造过程中的所有细节，如水的温度，米的燥湿，曲的软硬，甚至风的朝向、云的厚薄，全都了然于心，并因此决定每一个环节需要的火候与时间。如果说，水、米、曲，分别赋予了绍兴黄酒的血肉与骨骼，那么，只有经过"酒头脑"的点化，一缸酒才算是真正有了灵魂。

金属管道与旧酒坛之间的"会稽"

不过，这次在绍兴，我也见到了黄酒的另一种生产方式。

毕竟是世界最大的黄酒生产出口基地，用气势恢宏来形容会稽山绍兴酒厂丝毫不为夸张。但我们一路参观下来，看到的大都是各种形状的管道和不锈钢罐，构件锃亮、墙壁光洁、地面一尘不染，进入部分车间还需要层层消毒，俨然像是一个超大型的实验室。更令我感慨的是，几乎每个车间，都只有寥寥几位工人，而且每位工人都衣帽整洁，神态轻松。

河山纪行 HESHAN JIXING

  会稽山与塔牌、古越龙山一样，都是绍兴黄酒著名的品牌。它的前身，是1743年一代酿酒大师周佳木创办的"云集酒坊"。1915年，云集酒坊酿制的云集老酒在美国旧金山的万国博览会上，为绍兴黄酒获得了第一枚国际金奖。我们被告知，现在会稽山绍兴酒的生产，采用的是世界上最先进的顶级酿酒科技，实现了全程计算机编码控制。

  赞叹之余，我其实有些担忧。流水线上出来的绍兴黄酒，还能保持手工时代的精气神吗？酒厂的接待人员看出了我的疑虑，特意带领我们看了两个车间。

一个是斥巨资建造的大型取水车间，保证酒厂酿酒用水全部取自鉴湖最好的流域。

另一个则是煎酒、封坛车间。所谓煎酒，即把酿好的生酒加热煮沸片刻，杀灭其中的微生物，以便于贮存、保管。与其他高度自动化的车间不同，这里几乎全部依赖人工——推送，烧烤，封口，还有专门的看火师傅，他们每位都着袖套罩衣，上面还有很多斑点。

他们用的酒坛，都是反复使用的旧坛子，外表斑驳，灰暗，整整齐齐堆叠在露天大棚下。煎好的酒封坛时，用的则是塘泥、荷叶和箬叶。

如此高度现代化的酒厂，竟依然保留着这么一个原始的车间。煎酒的温度与时间，与酒液的PH值和酒精含量的高低都有直接关系，如何既达到杀菌的目的，又能逼出黄酒最好的品质，极其考验酿酒师的功夫。

我莫名地想起了"会稽山"的由来。根据《史记》的说法，会稽山得名于大禹在此山召集诸侯，计算治水中的功劳，给予相应的奖赏。也就是说，"会稽"二字，其实包含着精密计算的意思。

该金属管道就金属管道，该旧酒坛就旧酒坛。高科技的背后，"酒头脑"的运筹帷幄与精密计算原来一直都在。

与一坛酒一起老去

煎酒杀菌、装坛封藏，对于这场水与米的漫长修行只是个开头。

通常而言，新酿的绍兴黄酒很少有马上出售的，至少都要存放三五年后才投放市场，而且酒越陈越好，这也就是"老酒"的由来。清人袁枚便将陈年的绍兴酒比喻成名士耆英长留人间，阅尽世故而其质越厚，明言"绍兴酒不过五年者，不可饮"。

这种现象当然可以找到科学的解释，比如酒中的醇、酸等物质与氧气接触，产生酯化反应，从而使黄酒的"色、香、味"日臻完美云云。但我更愿意理解为，每一坛绍兴黄酒都是有生命的，都会呼吸，会成长，会高兴，会哀伤，每一天都会有新的变化。

这应该不是我的臆想。其实自古以来，绍兴人一直都强调酒要鲜活才好喝。比如有很多人就觉得煎酒的温度，应该尽可能降低，因为每经过一次高温，黄酒的元气就会受到一次重创，喝起来软绵绵，没有力道，就像重病之人，要再放三个月，才能慢慢缓过劲来。

资深的黄酒酒友还认为，黄酒的品质，与储存的温湿度、时间甚至摆放位置都有关系。他们甚至声称，储存时左右两边、上下两层、中间四周，不同区域的酒，品质与口感都有区别；即便是同一批十年陈，今天买的和昨天买的也不一样。

这是否意味着：任何一瓶绍兴黄酒，都有无限可能的陈化模式？抑或说，天底下，根本找不到两瓶完全一样的绍兴黄酒？

既然所有的偶遇都是唯一，我们是否应该像对待生命中的每一位朋友一样，不辜负生命中的每一瓶绍兴黄酒？

我忽然也起了收藏一坛绍兴黄酒的念头。

我希望，此后余生，与它一起老去。

河山记行

少林寺：
南北少林
NANBEI SHAOLIN

对每一位资深影迷，1982年都值得被铭记：这年6月，斯皮尔伯格发行了他的《E.T.外星人》；4个月后，好莱坞又推出了史泰龙的《第一滴血》。这两部影片在世界影史上的重大意义毋庸赘述，然而，当年一部横空出世的中国电影《少林寺》，却令它们都黯然失色。

直到今天，《少林寺》依然像是个神话：以一两毛钱的票价，竟然创下了1.6亿元的票房奇迹，折合现在的物价在百亿以上，远远超过目前公认的单片票房冠军《长津湖》。根据《中国电影图史》（中国传媒大学出版社，2007年）记载，仅国内的观影人数就达到了5亿人次，其中还有很多人是连看多场——用影响数代人来形容《少林寺》并不夸张。一座暮鼓晨钟的千年古刹，更是被推到风口浪尖，成为中华武林的泰山北斗。

但银幕上的少林寺，终究不等同于现实中的少林寺。相比影片中的快意恩仇，历史上的少林寺其实是一个相当复杂的存在，绝非仅用武林圣地便能概括；尤其是在之后的一系列跟风影片中，被反复提起的"南少林"，更是为少林寺蒙上了一层神秘的面纱。

于是，在这个燠热的6月，我开始了一场对少林往事的探寻之旅，以纪念即将到来的《少林寺》首映四十周年。

嵩山少林寺

嵩山正脉：始建于北魏的禅宗祖庭

前往登封的高速公路上，从郑州开出30公里左右，我便看到了嵩山。

我是从浙江杭州乘坐高铁到郑州的。由东南往西北，斜穿安徽而入河南，沿途所见多是矮山丘陵，过了阜阳亳州之后，更是一马平川，此时眼前骤然平地拔起如此一脉头角峥嵘的大山，让人精神不由得为之一振。

"嵩高维岳，峻极于天。"作为五岳中的中岳、黄河与淮河的分水岭，屹立于河南登封市西北的嵩山果然气势雄浑，隐隐有王者之风。

嵩山东西绵延30多公里，有太室、少室两大主峰——"室"，意为妻室，传说大禹的两位夫人，即涂山氏姐妹曾在此栖居。少林寺便在少室山下，因林木茂密而得名，最初由北魏孝文帝为安

置印度高僧跋陀尊者而建，至今已有一千五百多年，虽屡遭毁难，但香火始终不绝。

少林寺最后一次大劫，是1928年军阀混战时冯玉祥部下石友三的焚烧破坏。经过几十年不断修缮，千年古刹的气象已然恢复，甚至比原来更为壮观：从山门到千佛殿，共有七进院落，总面积达到57600平方米。

康熙皇帝题写的山门、天王殿的哼哈二将、千佛殿里的武僧脚窝、觉远和尚练武的塔林……少林寺里各种电影场景原型一一在目，令我暗自激动。除此之外，我也在寺中发现了一些相当特殊的建筑格局。比如，它的方丈室，并不像其他寺院那样处于一侧，而是位于中轴线上，位于七进院落的第五进——据寺僧介绍，这样处置，便与前两进的大雄宝殿、藏经阁合成了"佛法僧"三

宝，为天下诸寺中的唯一。

方丈室后的第六进，则是"立雪亭"。

"立雪"，是一个与达摩有关的典故。据说，当年就是在这里，为了向达摩求取佛法，慧可和尚不仅侍立雪地直至积雪没膝，还自断左臂以表决心。

与跋陀一样，达摩同样来自印度。传说中，他入华首先在南朝游历，因与梁武帝话头不合，脚踩芦苇渡过长江来到中原，最终在嵩山面壁苦修。因为他在佛教史上中国禅宗初祖的身份，虽然比跋陀晚几十年来到少林寺，但知名度却远远超过了这位真正的开山祖师；而少林寺也因为他的修行成为禅宗祖庭。

大概是一苇渡江以及面壁九年的故事太过震撼，长期以来，达摩也被奉为少林武术之祖，一些在民间名气很大的典籍，比如《易筋经》，更是声称得自其修行洞窟内的密匣。

然而，中国近代最著名的武术史学家唐豪先生却认为，达摩开创少林武术，其实只是个一厢情愿的神话，实际上，连少林寺本身也并非河南所独有：天下称得上"真少林"的寺院，至少有七座。

唐豪先生的观点是在20世纪30年代提出的，时至今日，越来越多的研究者同意，少林功夫的源头确实与达摩关系不大，而是在僧人长期守护寺庙中逐渐形成。如果真要追溯一位少林武风的开创者，跋陀的弟子、少林寺的第二代住持僧稠禅师应该更接

近真实。毕竟，有相当多的史料能证明他能"横踏壁行""跃首至梁""引重千钧""以杖驱虎"，武艺超群。

僧稠，河北昌黎人，少年时期在河南安阳的邺下寺院修行，该寺院崇尚习武，是我国历史上最早有文献可考的寺院之一。

唐豪先生"真少林共七个"的考据，至今仍难有定论。

嵩山脚下，我眼中所见如此恢宏的嵩山少林寺，难道真的只是七座少林寺中的一座吗？

从"天下少林有二"到"真少林共七个"

1915 年，中华书局出版了一本署名为"尊我斋主人"撰写的《少林拳术秘诀》。

好比一部武林秘籍横空出世，这本小册子的出版，在武术界引起了极大反响，也吸引了唐豪先生的注意，他对其进行了长达二十余年的研究。

拳法之外，《秘诀》记载了不少有关少林的逸事，声称："天下少林有二：一在中州，一在闽中。"中州，即河南，也就是说，尊我斋主人认为，少林寺有南北两座，嵩山之外，在闽中，即福建，还有一座与其遥相呼应的南少林寺。

唐豪先生对此的考证结论是："真少林共七个：一个在登封，一个在和林，一个在蓟州，一个在长安，一个在太原，一个在洛阳，一个在泉州。"

他的主要依据，其实是元朝初期雪庭福裕禅师分设五座少林下院的史实。

在少林寺的历史上，雪庭福裕被誉为功德堪比达摩祖师的"中兴之祖"。他的墓塔在塔林正中，高大而醒目。

福裕禅师是高僧万松行秀的得意弟子，秉承师命住持少林，将这座在金元战争中遭到巨大破坏的古寺修葺得"金碧一新"；被元廷敕封为佛门领袖后，他更是竭力扩大佛教影响，和林、蓟州、长安、太原、洛阳，唐豪所说七座"真少林"中的这五座，都是他为嵩山少林寺分置的下院。

也就是说，唐豪先生的七座"真少林"，可以分为三组：一座登封祖庭，五座少林下院，再加一座泉州少林，刚好如数。

除了将嵩山祖庭独立出来，唐豪与《少林拳术秘诀》的南北两少林说其实并不矛盾：因为那五座福裕禅师设置的分院都在华北，故而历史上，也被合称为"北少林"；而泉州少林寺，自然便是"一在闽中"的"南少林"。

南少林暂且不提，但将中州少林认定为北少林，嵩山少林寺并不接受。迄今为止，在严格意义上，他们认可的"北少林寺"其实只有蓟州一座，即今天天津的那一座，因为这是五座下院中唯一以"北少林寺"直接冠名并且经过朝廷敕封的。

遗憾的是，因为历史上的战争与动乱，福裕禅师设置的五座

北少林寺都已经被毁。不过，2007年起，蓟县北少林寺在原址上开始了重建，到今天，寺院的气象已然恢复，甚至比原来更为壮观，与嵩山祖庭的法脉也已经延续上。

总而言之，从《少林拳术秘诀》的"天下少林有二"，到唐豪的"真少林共七个"，"北少林"，抑或说五座位于北方的少林分院，毕竟有史可稽、脉络清晰，分歧并不太大。

问题出在对"南少林"的确认上。

谒完嵩山祖庭之后，我立即南下福建，开始了对"闽中少林"的探访。然而，当我到了福建之后却发现，想要寻找一个能让所有人都接受的"南少林"，绝非易事。

闽中六座"南少林"

唐豪先生提出的南少林泉州说，只是学界诸多观点中的一种。

至今为止，福建一省以"南少林"自命的寺院，至少有六座，分别是：福清少林院、莆田林泉院、仙游九座寺、泉州东禅寺、诏安长林寺、东山古来寺。我逐一进行了探访。

福清少林院：位于福清东张镇，距离市区大约一小时车程。其所在村名曰"少林"，据说在清末出版的地图上就以此名标注。寺院坐西朝东南，依山起势，寺前一溪横卧，与祖庭格局有几分相像。所倚之山雄伟峥嵘，明清以来，一直被当地人称为"嵩山"。我去时寺院正在修建，到处是脚手架，但已经能够看出规模相当宏大。

莆田林泉院：位于西天尾镇九莲山林山村。西天尾镇至寺，全程十余公里，绕山盘旋而上，途中多有豁口，可俯瞰大半个莆田市区。寺庙建在山坳间的一处平地上，只有三进大殿，没有想象中广阔，然建筑与佛像相当精致。

仙游九座寺：位于仙游县城西北 40 公里处的凤山乡凤顶村。寺院所倚之山甚奇，九峰秀起环列，据说与嵩山少林寺所在的九瓣莲花地形相合。此寺始建于晚唐，规模原本极大，舍院九座相连，鼎盛期间，寺僧多达五百余人，但今天只余

河山纪行 HESHAN JIXING

下了两幢大殿。寺侧坡地上，还有一座形制古朴的无尘塔，相传为开山僧智广上人的荼毗塔。

泉州东禅寺：位于泉州市区清源山东麓，是我此行所见规模最大、格局最完整、僧人最多的一座寺院；建于唐，兴于宋，最盛时曾有院落十三进，为泉州四大丛林之一；然史上多次废毁，今寺为1992年重建。寺中设有演武场，有武僧定时为游客表演少林武术。

东山古来寺：位于东山县铜陵镇。明朝成化年间明雪熙贤禅师创建，亦多次被毁，20世纪80年代末重建后，现已为尼寺，规模不大，连院落带殿堂不到一千平方米，但香火颇旺，时有老妪前来祷祝。寺内存有清到民国的旧碑多通。

东山古来寺

诏安长林寺：位于诏安官陂镇长林村。依山而建，建筑面积仅有500多平方米，坐北向南，由门楼、两廊、天井、大殿和东西两厢组成。

据我所见，除了东山古来寺和诏安长林寺，另外几座寺院都打出了少林旗号：福清少林院、莆田林泉院、泉州东禅寺全部竖有"南少林寺"的牌坊或者山门，仙游九座寺则挂出了"南少林始祖"的匾额。

一路走过来，我意识到，福建的南少林遗迹其实绝不仅仅出现在《少林拳术秘诀》所说的"闽中"，而是从闽东的福清，到闽中的莆田和仙游，直至闽南的泉州、东山和诏安，几乎随处都有——诏安长林寺甚至已经在闽粤两省交界处了。

南方如此广阔，为何独有福建一省出现了这么多座"南少林"？

福建为什么有这么多以"少林"自命的古寺

"天下武功出少林"。

标榜少林，实际上就是标榜武术。

至迟在宋代，福建的习武风气便已经相当浓郁。有学者曾经统计，从北宋天圣八年（1030）到南宋绍兴年间，首尾一百余年，全国武举科考，一共出了74个武状元，福建籍的便占了16个，

河山纪行 HESHAN JIXING

为诸路之最。《宋史·兵志》也记载："天下步兵之精，无如福建路枪杖手，出入轻捷，驭得其术，一可当十。"

福建的尚武传统，与其地理环境有直接关系。

福建多山，有"东南山国"之称，山地丘陵占了全省总面积的82.39%，山深林密，地形复杂，历史上匪患与兽害极多，习学技击首先是乡民自保的需要。同时，多山的地貌，也决定了闽地耕作多为坡田甚至梯田，不易保持水土，故而每年旱季农田用水都相当紧张，经常会引发相邻村落的争抢。

这种争抢往往以宗族的名义进行。闽民多聚族而居，为全国宗族凝聚力最强之区，但宗族之间却互相竞争互相排斥，极易因为各种原因——比如争田水——产生冲突，进而发展为激烈的集体械斗。正如徐晓望《福建通史》所述："闽地环山负海，民风素称强悍，每因雀角微嫌，动辄聚众械斗，甚至拆屋毁禾，杀伤人命，通省皆然。"有清一代，福建宗族械斗无论数量与规模，始终高居全国之首，连朝廷都头疼不已。这些械斗客观上促成了民间普遍习武。

多山之外，福建又濒临东海，海岸线曲折率为全国第一，因此港湾众多，且大多"口小腹大"，有利于船舶停靠，故而福建自古海上贸易极盛，也引来了诸多海盗侵扰，倭寇便是其中为害最烈者。海商护航与抗击倭寇，不仅进一步推动了福建民间武术的兴盛，更是在残酷的实战中极大提升了格斗技巧。

福建土楼

　　武术史上，少林功夫对福建最强劲的输入也是因为倭寇：明代东南沿海的倭乱中，朝廷多次向嵩山少林寺征调僧兵南下闽浙，辅助官军征剿倭寇。许多亲历者记载过这段历史，其中包括抗倭主将戚继光与俞大猷。直到今天，少林寺中还存有两块明朝万历年间免除寺僧税粮的石碑，优待理由之一，便是抗倭的僧兵"奋勇杀贼，多著死功"。正是在这场长达数十年的激烈战争中，少林武僧精湛的武术技击在闽地得以流传。

　　地理之外，闽人尚武与当地佛教的发达也大有关系。福建古称东南佛国，早在宋代，寺院之多便为全国之冠。据武术学者林

荫生先生考证，因闽地山峦起伏、交通不便，福建的寺庙有一独特之处，即兼有官驿的功能，必须保障来往官员的安全；加之匪寇不时出没，寺内财产时常受到威胁，故而寺中僧人礼佛之余，往往也练习武艺，正好暗合了少林寺"禅武同修"的传统。

相比别的省份，福建与少林寺的渊源的确深厚得多。

然而，随着见到的所谓南少林遗迹越多，我却越来越觉得迷惘，觉得离心目中的"南少林"越来越远。

南少林究竟是传说还是真实

从田野调查到文献爬梳，福建各地的文史学者对于"南少林"的研究已经极其深入，以至于每一座南少林的疑似遗址，都能提供一套有理有据的说辞。

以赞同者最多、争论也最为激烈的泉州、莆田、福清三地南少林为例。

泉州少林寺的证据主要是文献。早在唐人笔记中，泉州就有少林寺的记载，1955年又发现了一部明代《清源金氏族谱》抄本，附录的《丽史》也多次提到泉州有座少林寺，而另一部清嘉庆年间的《西山杂志》抄本，更是详细记叙了该寺的兴废脉络，还声称其为智空，即救过秦王李世民的嵩山少林寺"十三棍僧"之一入闽所建。

莆田少林寺则除了史志记载，还有考古支撑：1990年，福建省文管会在林泉院遗址发掘出了大量残碑、陶瓷器、刻有"僧兵"及"诸罗汉浴煎茶散"字样的石槽、练功石。

相比较而言，福清的文物证据更为充分，也得到了最多认可。1993年6月，福清几位退休干部根据地方志与民间传说中的琐碎记载，在东张镇找到了一块刻有"少林"二字的石桥板。很快，福建省与福州市联合组建了南少林遗址考古队，发掘出了大量带有"少林"字样的瓷器。

我在此罗列的只是一小部分考证，但毋庸讳言，到目前为止，无论莆田、福清，还是泉州，没有任何一座寺庙能够在"南少林"的自证上达到圆融。比如，只要核对嵩山原碑就可以发现，"十三棍僧"中根本没有那位被泉州少林寺奉为开山祖的智空；而莆田少林寺将"僧兵"二字作为少林特征，更是不无牵强。

尤其令我在意的是，正如"林泉院""东禅寺""九座寺""古来寺""长林寺"之类的寺名，福建六座"南少林"的疑似寺庙，历史上其实都从来不曾有过"少林寺"或者"南少林寺"的正式名称；即便是福清"少林院"，依照佛教丛林制度，"寺"与"院"还是有所区别的，并不能直接画等号。

"南少林"的所有竞争方也都承认，整个福建境内，历史上从来没有出现过任何一座标名为"南少林寺"的佛教寺院。

其实，嵩山少林寺早就声明过，寺内所有的典籍文献中，并

没有"南少林"一词。何况闽中诸寺，多属于临济宗，而嵩山少林寺的法脉则是曹洞宗，于宗法上也不合。

也就是说，严格意义上，整个福建找不出一座标准的"南少林寺"。

这种现象相当奇异。应该说，诸多出土文物与方志文献，足以证明闽省在历史上确实存在过大量少林遗迹，并且分布甚广。福建武术界，以少林为正统的观念更已是根深蒂固：明清以来，福建流行的绝大多数武术套路，比如五祖拳、太祖拳、罗汉拳、永春白鹤拳、五梅拳、洪家拳、龙尊拳等，大都自称传自少林，很多甚至直接在拳名前冠以"少林"二字。

还有福清少林院的"嵩山"与"少林村"；仙游九座寺所在，类似于少室山的九瓣莲花地形……为何少林在福建留下这么多确凿的痕迹、明显的暗示，在历史上，却找不到哪怕只是一座堂堂正正亮出"南少林寺"匾额的寺庙？

福清、莆田、泉州……脍炙人口的南少林，究竟是传说，还是真实？

带着疑问一路南下，终于，在古来寺所在的东山岛上，我找到了自己想要的答案。

香花僧与天地会：潜行于历史幽暗处的南少林

　　厦门和汕头之间的东山岛，是福建省第二大岛。由于处在闽南与粤东两大渔场交界处，最早以海鲜产地为外人所知。实际上，除了渔业，东山岛沙白水净树木葱茏，风光也可圈可点。早在20世纪80年代，香港拍摄连续剧《八仙过海》，此岛就被选为了主外景地。

　　岛上有条老街，旧时渔民多在此贩销捕获，故称水产路，古来寺便在其沿街路侧。

　　闽南民间信仰原本庞杂，渔民搏命海上，对神灵更是虔诚，故而东山岛庙观极多，古来寺原本并不起眼。不过，1988年，考古工作者在岛上发现的一部清嘉庆二十三年（1818）《香花僧密典》抄本，却将这座低调的小庙联系上了一段影响巨大却又极其隐秘的历史。

香花僧，是一个极其特殊的民间佛教派别，主要活跃于闽南粤东一带，以从事超度亡灵、祝福吉庆等红白法事活动为生；但既可削发亦可留发，荤腥无忌，娶妻生子亦不禁，并不属于正式受戒的僧侣。

学界已有定论：最初的香花僧，是一群明朝覆灭后誓不降清的遗民志士，也因此分为两派，沿海为"日"派，山区为"月"派，二者结合则是"明"字，表示志在复明。东山岛是香花僧最主要的发源地：由于临近台湾，东山岛是郑成功在沿海最主要的抗清根据地，长年亲自坐镇，鼎盛时期拥有战船三百余只，将士三万余人，我在岛上还看到了当时留下来的万军井。当台湾降清、恢复故国的事业最终失败之后，这支队伍的残部便顺理成章地躲入了古来寺一类的寺院。

据考证，香花僧的第一代领袖是郑成功的战友，一位法名为"道宗"的和尚（他主要在漳州一带活动，东山岛的九仙山上，至今还保留有他的多处题刻），而很多学者认为，他便是"天地会"的创始人。也就是说，香花僧其实首先是天地会会员的掩饰身份，故而每一代香花僧都被要求文武同修，以随时出山，"反清复明"。

天地会起源也是一个争议极大的话题。道宗和尚开创，只是其中一种比较主流的说法，不过，将其创建地确定为漳州东山岛一带，却是各方都认可的。而根据《香花僧密典》的描述，作为香花僧和天地会的主要据点,古来寺的习武传统可以追溯到仙游九座寺——开山僧明雪熙贤禅师便是受该寺住持派遣,南下渡海来到东山岛弘法的。而仙游的地方文献亦记载,九座寺的开山祖智广上人曾经前往嵩山少林寺,并住寺十余年,受持戒法后方才回闽创寺,带来习武传统,故而自古以来便有"南少林"之誉。

这也是古来寺与九座寺被视作"南少林"的原因之一。

也就是说,通过古来寺,少林开始与香花僧、天地会紧密地结合在了一起。至少在天地会内部,少林具有了某种神圣的意义。比如每个新会员入会,都有一套固定的盘问仪式:"问:你来挂两京十三省先锋信印,可有武艺?答:文韬武略、十八般武艺,件件皆能。问:武从何处学来?答:在少林寺学习。问:有何为证?答:有诗为证。猛勇洪拳四海闻,出在少林寺内僧;普天之下归洪姓,相扶明主定乾坤。"

天地会初期主要在闽台沿海活动,后来逐步发展到两广地区及江浙、两湖、云贵川等长江流域各省,并发动过多次武装起义,太平天国与辛亥革命背后,都有它的影子,将其视为中国近代史上最汹涌的暗流并不夸张;而天地会在民间的秘密发展,同时也就是南少林以福建为中心,面向整个南中国的传播过程……

我忽然意识到,福清少林院、泉州东禅寺、莆田林泉院、东山古来寺、仙游九座寺……在某种意义上,其实都可以说是南少林,之所以遮遮掩掩,没有打出正式旗号,只是因为天地会作为

反政府会党的自我保护。

其实，在香花僧并不太多的宗派禁忌中，便有一条叫作"收口"，也就是嘴巴要严密，尤其是会首身份与堂口所在更是绝不能随便泄露。

当然，还有一种可能：福建历史上确实存在过真正传承有序的"南少林寺"，只是天地会成立之后，为了防止清廷报复，会众自行撤换寺名，删改文献，将其隐匿起来。

但正如福清少林院的嵩山，每一座潜入地下的南少林，往往都留下了致敬祖庭的独特方式：根据与道宗和尚同时代的东山人、抗清英雄黄道周的记载，这座小小的海岛上也有两座山，被赋予了"太室"与"少室"的别名。

青灯古佛，海天碧波，一朵香花，其实始终绽放在天地之间。海鲜超市、槟榔店、卤味摊、凉茶铺……站在古来寺门口，看着眼前的闽南市井，我隐约听到了嵩山塔林的滚滚松涛。

或许，我们不必拘泥于苦苦寻找某一座具体的寺庙，八闽其实遍地皆有少林。

子虚乌有的"火烧少林寺"：南北少林的渐行渐远

在民间，南少林之所以扑朔迷离，还有一种解释，即曾经遭到清廷的残酷镇压，所有遗迹都被焚烧一空。

目前发现的很多天地会秘密文档也都记载,在会员入会仪式上,通常会有一个钻竹圈的环节,以纪念少林寺遭到清军袭击时,有十八名僧人借助一个隐秘的洞口逃出生天。

清廷"火烧少林寺"一说,在闽粤流传极广。然而,只要稍加考证就能发现,此事根本子虚乌有。至少福清、莆田、泉州三大"南少林"的毁废,都与清廷没有关系。至于嵩山少林寺,有清一代,不但没有遭到任何破坏,相反,从顺治到道光两百多年间,朝廷还多次拨款修葺,康熙皇帝甚至为其题写了寺名。

各种线索都表明,所谓"火烧少林寺",其实是天地会的杜撰,以激起民众对清廷的愤慨。

而清廷扶植北少林寺,也未尝没有政治上的考量。毕竟,作为禅宗祖庭,嵩山少林寺在天下佛教徒中的影响力不容忽视,更重要的是,清廷的优待,同时也是一种有效的控制。

有这样几则记载,很能够说明清廷对少林寺的真正态度。

乾隆四十年(1775),河南巡抚徐绩聘请了几位少林武僧前往兵营教习枪法,乾隆皇帝得知,极为震怒,特地下旨斥责:"僧人既经出家,即应恪守清规、柔和忍辱,岂容习为击刺,好勇逞强?"

少林寺在清代的修葺,以雍正十三年(1735)工程最为浩大,不仅耗尽河南历年积存的公款,还动用了朝廷上一年度的漕运结余;但同样是雍正皇帝,也再三下旨,要求河南地方官对少林寺

少林寺千佛殿

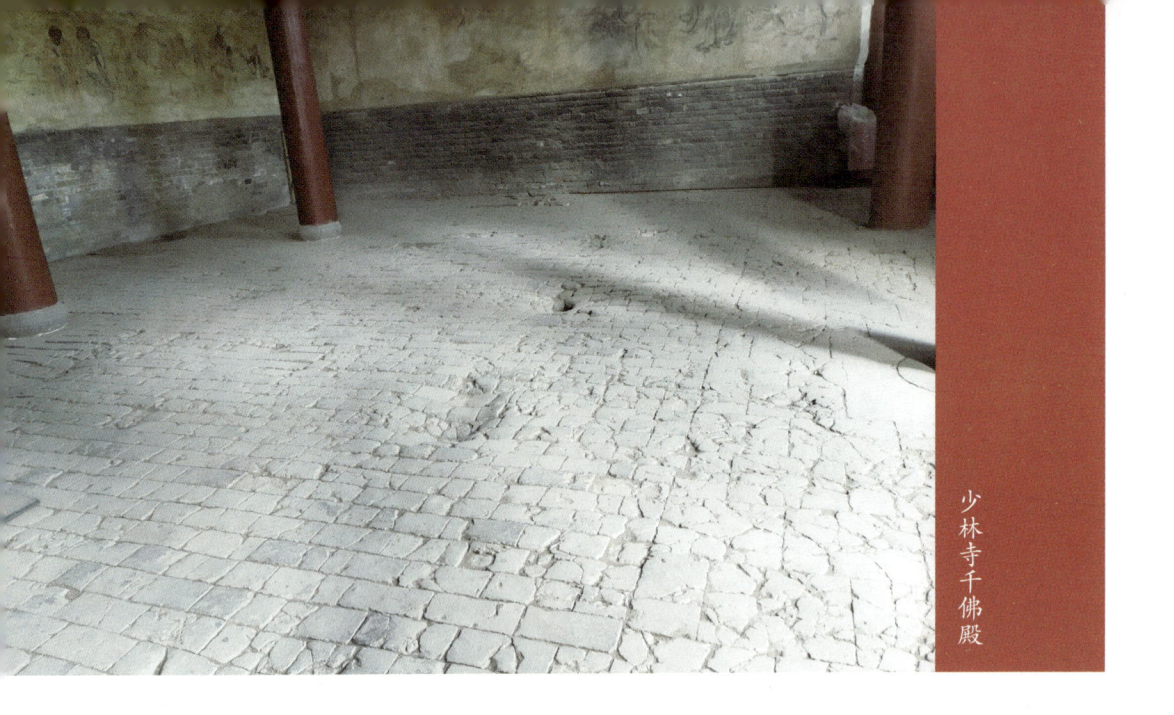

严加管理，"若是戒僧，为干犯法纪之事，必严加治罪"，甚至亲自任命住持。

也是在雍正时期，清廷开始施行严格的禁武令，并写进了《大清律例》。受过前朝褒奖的僧兵，更是在开国之初便被勒令解散。在少林寺千佛殿地砖上我见到的那些脚窝，便是在禁武令下，少林寺僧人练武从室外转到室内、从公开转为秘密的见证。

入清之后，在异族统治的背景下，作为中华武功的圣地，又位于中原腹心，邻近政治中枢，嵩山少林寺势必会成为官府的重大忌惮对象。

毋庸讳言，清廷严密而持续的管控效果明显。从历代描写少林寺的诗文看，明人多有赞叹武术的文字，但在清人中却很难看到，反而有一些极其尴尬的描述："今山寺颓落，即存一二残衲，间令沙弥试演拳棒，然直如街房乞儿对打，不足观矣。"（汪介人《中州杂俎》）

与此相反，散入草莽的南少林，尚武之风入清之后不仅没有没落，反而得到了迅猛的发展，尤其是通过天地会传播到广东，开枝散叶，宗师迭出不穷。

事实上，南北少林此长彼消的征兆，在明中后期就已经出现。抗倭名将、泉州人俞大猷，本身也是一个南少林系的武林高手，曾慕名来到嵩山，本想讨教棍术，看了寺僧演练，却发觉还不如自己，倒过来将南少林的棍术传了回去。

南北少林的朝野分流渐行渐远，令我联想到佛法。少林本为禅宗祖庭，但禅宗的传承却不断南移，最终由六祖慧能在岭南完成了真正的中国化。

今天的南少林，也已经不仅仅是一座具体的寺庙，而是蕴含了革命号召、武术流派、禅宗支系等各种因素，成为某种刚强勇猛的民族精神载体。

而北少林，也已经在漫长的沉寂中苏醒过来。

从中州到闽中，从嵩山到福建，回望这一路以少林名义的探访，我恍然间发现，我追逐的，原来是一脉民族元气的强劲流动。

紀行

桂林石窟：千佛围城

QIANFO WEICHENG

"海畔尖山似剑铓，秋来处处割愁肠。若为化得身千亿，散上峰头望故乡。"

在独秀峰上俯瞰整座桂林城时，我想起的却是柳宗元在柳州写的诗。

桂林柳州相隔不远，同属喀斯特地貌，峰林平地耸立，也都有一脉江水逶迤缠绕。粗粗看去，景致差距不大。当然，作为观赏者，我与柳宗元的心情无疑大相径庭。游人过客眼中，或许桂林山水甲天下，而作为一个被谪贬南荒十多年的失意官员，此处的山峦即便再穷形尽相，目中所见，却无一不是沟坎障碍。为了排解这种伤感情绪，柳宗元在诗中展开了一段奇幻的想象："若为化得身千亿，散上峰头望故乡。"

事实上，正是这一联诗，令我在独秀峰上的眺望由轻灵的风光转入了沉重的人文。

柳宗元一生信佛，此处的"化身千亿"，其实是来自佛教的典故。我此行所要探访的，便是这些围绕着独秀峰、围绕着桂林城，散落在大小峰头上的无数佛身。

被遗忘千年的岭南佛窟群

我的探访从西山开始。

西山并不是一座单独的山，而是一群以海拔357米的西峰为

桂林西山

主峰的连片峰林，因为位于桂林城西郊的桃花江畔，被合称为西山。根据资料，在西山的西峰、观音峰、立鱼峰、龙头石林、千山、罗家山、隐山一带，直到今天，还保存有佛龛112龛，石窟造像275尊。

但我并没有看全这一百多龛佛像。不仅时值三伏，爬山畏暑，也不是由于指示牌倾颓令我爬错了山，更重要的原因是，这些佛像果真如同柳宗元诗中所写，是"散上峰头"。而且，这些佛龛与佛像，大部分都只有数十厘米，大者不过一米上下，小者甚至只有几厘米，或在山麓，或在山腰，山林跋涉之时，由于草木遮掩风雨剥蚀，若无特别提示，很容易擦肩而过。

面对一座植被茂盛的山，即便是像西山这样玲珑的，如此程度的雕琢，实在谈不上显眼。倒是西山脚下，榛莽丛中一截隋唐风格的残廊令我唏嘘不已。它属于西庆林寺在人间的全部遗存。西庆林寺建造于武则天时期，与四川大足寺、云南鸡足寺、贵州扶风寺、广东南华寺齐名，被列为南方五大禅林之一，唐代的鉴

真，宋代的米芾、范成大，明代的徐霞客、袁崇焕，都曾前来瞻仰。

相比西山，伏波山更接近于我对佛窟的想象。这座因东汉伏波将军马援而得名的小山，孤峰突起于桂林市区东北，半枕陆地，半插漓江，果然有几分遏波伏澜之势。伏波山摩崖石窟造像主要集中在还珠洞和千佛岩，尤其伏波洞，面积不过600余平方米，却雕有239尊佛像，凑集之处，造像摩肩擦踵，可以想见当初此地佛事之盛。

造像同样集中的还有叠彩山。叠彩山以山石颜色斑斓而得名，位于桂林市北的漓江西岸，与独秀峰、伏波山鼎足而立，开凿有佛像28龛101尊，全部都在风洞两侧的石壁上。

叠彩山的风洞乃一造化奇观，位于明月峰山腰，全长20米，总面积约140平方米，由前后两洞组成，呈葫芦状，中间最窄处仅容一人侧身而过。两头通透，空气形成对流，一年四季劲风不停，号称清凉世界。

除了西山、伏波山、叠彩山，还有七星岩、骝马山、象山……据统计，桂林地区现存有摩崖造像217龛，大小佛像719尊。其中除两龛在全州外，

其余全部在桂林市区范围之内。

这其实是一个严重缩水的数字。桂林山水，尤其是溶洞、石笋、天生桥之类奇观，实际上得益于独特的喀斯特地貌。所谓喀斯特，也就是岩溶，即石灰岩在水中容易发生溶解。也就是说，桂林的山体并不稳定，很容易被地表或者地下水溶蚀，出现开裂，甚至坍塌。因此，桂林诸峰看似平地拔起，其实是岩溶后的高原残存，著名的独秀峰，便是峰丛峰林渐次切蚀剥落而成。虽然整个地貌的演变需要漫长的时间，但在岭南温暖潮湿的气候条件下，小范围的溶蚀崩解几乎从未停止，千百年来，因此而消失的造像应该不在少数。

在独秀峰上，我对照地图，一一寻找着开凿有佛龛的峰头。终于，我发现，从西到东，从南到北，这七百多尊佛像悄然沿着漓江与桃花江，布下了一个圆满的法阵，它们所栖身的十多座山峰，其实已经对以靖江王城为核心的桂林老城区形成了严密的合围，堪称千佛围城。无论体量还是格局，不仅在广西，甚至放眼整个岭南都绝无仅有——事实上，桂林石窟仅次于四川大足，是我国南方第二大佛教石窟造像群。

而且，桂林石窟还是我国最典型的石灰岩佛窟之一。

我国佛窟所在地的岩石，主要有红层（包括砂岩、砾岩）、石灰岩、半胶结砂砾岩、花岗岩等类型，而大部分石窟（近70%）都是雕刻在红层上，如云冈石窟、麦积山石窟、大足石刻等，

河山纪行 HESHAN JIXING

这些石窟也可以被称为"红层石窟"。只有大约16%的石窟雕刻在石灰岩上,而其中最典型的,便是桂林的喀斯特石窟。

当然,同类别的石窟北方也有,比如著名的龙门石窟与响堂山石窟便是,但北方毕竟干旱少雨,天然溶洞与人工造像彼此结合的奇观远远不如桂林的精彩。

然而,令人感慨的是,对于这些佛窟的存在,不仅外人极少了解,即便是桂林人,往往也不以为意,古今著述也是鲜有人提。

千百年来,这两百多龛散布于山水深处的佛教造像似乎早已被遗忘。

共处一窟的曹衣出水与褒衣博带

桂林佛窟开始为世人所知还是在 20 世纪二三十年代，一个名叫林半觉的本土篆刻家，首先察觉到这些散布在荒郊野外的佛像来历不俗。在他的介绍与引导下，一些专家学者，如中央银行的陈志良和中山大学的罗香林教授等人陆续前来桂林实地考察，并发表相关论文，这才逐渐引起了学界的关注。

毋庸讳言，217 龛、719 尊佛像，算来数目已经不少，但毕竟布局分散，而且单独来看，由于桂林山石多为易被溶蚀的石灰岩，不容易存有大块规整的岩壁，并且很多佛龛因山就势，开凿在现成的溶洞中，故而规模普遍较小，最大的佛像也只有二米高。同时，这些佛龛形式重复，缺少变化，每龛多为一佛，或一佛二菩萨，最多再加二弟子胁侍，连力士与飞天都极为罕见——据说整个桂林，开凿有力士的佛龛不过四龛，有飞天的更是只有两龛，我此行一尊也没有见过。因此，在观感上，与西北、中原、四川的石窟寺、摩崖造像相比，气势远远不如。这应该也是桂林佛龛长期被埋没的重要原因。

然而，随着研究的深入，人们越来越感觉到，桂林的这些摩崖造像在佛教传播史上的意义或许要远远超过它的表象。

相比敦煌、云冈、龙门这些大型佛窟，桂林石窟的开凿时间较晚，也比较集中。最先开凿的是西山，大部分佛像都是唐代作品。因为西庆林寺名气太大，后来在唐武宗灭佛时受到严重冲击，

一时间拆庙砸像、僧尼还俗，导致我在西山上看到的佛像大多损毁严重。经此一劫，中唐之后，桂林的佛教重心从西山移至伏波山的还珠洞，赵宋以后又转移至叠彩山的风洞。因此，伏波山造像多为晚唐，叠彩山今存佛像则基本都是五代和北宋之后的了。

脉络很清晰。不过，当我真正来到实地时，却陷入了迷惘。通常而言，佛教造像隋唐时期已然成熟，我近些年来，于龙门、云冈、大足、泾川等地，也算见过了很多著名的佛窟群，对历代佛像的风格多少也有了几分了解，然而，我的经验在桂林却常常套用不上。

应该说，总体而言，不同时期的桂林石窟也能大致符合其应该有的时代审美特征，比如伏波山造像的晚唐风格：身材清秀、袈裟轻薄；叠彩山造像有明显的宋代特点：人物瘦削且神情忧郁。但与此同时，又不时能够看到截然相反的例子。比如，在西山，我看到的佛像至少有两种风格，一种是褒衣博带，穿着保守，这符合北魏汉化之后的中原佛像传统，但也有不少造像蜂腰裸臂、衣着开放，保留了很多的印度笈多时期萨尔纳特式造像的特征：薄衣贴体，不显衣纹，可以归于"曹衣出水"一类。最典型的作品，便是位于观音峰山腰，唐调露元年，即公元679年，由昭州（今广西平乐县）司马李实所捐造的毗卢舍那佛。该佛坐高1.2米，丰面高髻，宽肩细腰，身着轻薄贴体袈裟，袒露右肩右胸；两旁各有一尊胁侍菩萨，头戴花冠，身披轻帛，双手合十，上身裸露。

桂林石窟
千佛围城

唐李实造像

　　我还在伏波山的还珠洞看到一尊犍陀罗风格的菩萨造像，鼻梁高耸，目光刚毅，身躯直立，男性特征相当明显。而同一窟中，其他菩萨造像却又腰肢委婉，丰满圆润，呈现出汉人所习惯的女身。

　　对此，学界的解释是，桂林的佛窟别有传承。譬如罗香林教授，他便认为西山上的那尊李实造像与印度菩提伽耶和爪哇婆罗浮屠的佛像极其类似，因此判断桂林佛教造像来源于印度："经越南或广州传入桂林，为直接泛海传播而来。"

　　同一个时代，胡人的曹衣出水竟然与汉人的褒衣博带共处一窟。我忽然意识到，这里是陆传佛教与海传佛教的会师之地，同时流行向佛陀表达虔诚的两种方式。

· 185 ·

桂林：陆传佛教与海传佛教的会师之地

通常认为，佛教传入我国主要有两条途径。其一是陆路，即从印度西北经波斯越葱岭进入西域，穿河西走廊直至关中洛阳，再以中原为基地四方辐射散布；另一条则是海路，即从印度恒河口泛海径直传入广州，或经越南，再由"交广通道"入广，进而北上中原。

在8世纪中叶，张九龄凿通梅岭驿道之前，"交广通道"中的广，指的主要还是广西。外来海客北上入华，往往都在北部湾的合浦登陆，沿南流江、北流江抵达苍梧（即今梧州市），再从苍梧溯桂江、漓江而上前往桂北，再由桂北过灵渠，由越城岭转入岭北湘江，由此进入长江流域。当年鉴真第五次东渡失败，漂到海南岛，北返时也是在桂林中转的。

自从秦始皇时期开凿灵渠，连通漓江与湘江之后，湘南与桂北之间就形成了一条便捷的地理孔道，被视为中原通向岭南的首选。这条通道东北—西南走向，全长200余公里，最宽处三四十公里，最窄处仅几公里，被称为"湘桂走廊"。

海路要北上中原，陆路则要南下岭南。也就是说，通过"交广通道"与"湘桂走廊"，佛教陆传海传两条线路，如同灵渠所沟通的珠江长江水系一般，完成了对接。而位于湘桂走廊西南端的桂林，作为中原进入岭南线路上的第一座重镇，恰好处在海陆两线的交接枢纽处，堪称会师之地，双方都要尽情展演，因此同一山崖或是石窟内，造像风格南北皆具，彼此相安。

文献记载，桂林的佛教信仰极为旺盛。有唐一代，桂林城内新建寺院便有十一座，虽经武宗灭佛打击，但很快复苏，入宋之后，香火依然鼎盛，普陀、龙隐、象鼻、南溪、叠彩诸山，更是几乎遍布梵宇，名僧大德屡屡出现。

如此便出现了一个吊诡的现象：唐宋之际，以桂林为代表的桂北佛教传播甚为兴盛，而桂中桂西广大地区，甚至海传佛教最先传入的桂东南，佛教却没有太大的影响力，"南中小郡，多无缁流""南中州县，有寺观而无僧道""南人率不信释氏"，直至被视为与当地巫祝傩师同类。

地方志记载，在广西的很多地方，尤其是壮族聚居区，佛教徒被称为"花僧"，可娶妻生子；壮民供奉释迦牟尼为佛祖，但没有大小乘之分，更没有严格的戒律，常常与十殿阎王、太上老君、太乙真人的画像挂在一起，用来赶鬼、超度、看风水、做法事。

还有这样几组数据：

有唐一代，广西共建佛寺45座，桂林所辖各州占了32座，为总数的71%；宋代广西新建寺院则为131座，其中桂北76座，占总数的58%。谢启昆《广西通志》记载：从晋至清，广西可考的129座寺院中，桂北占90座，为70%。

当陆传海传都已经圆满，那么，究竟该如何解释佛窟在桂北的一枝独秀？桂北浓厚的佛教信仰，为何不能向南扩展？

我想起了那些开凿佛像的人。

"散上峰头望故乡"：谪贬之城的心灵慰藉

桂林佛窟中，留存至今的石刻题记有36处。从中可以得知，这些佛造像的捐造者，虽然也有一些本地僧人与平民，但大部分都是来自中原的官员及其亲属。

虽然早在秦始皇时便被纳入中华版图，但广西长期以来都被视作蛮荒边远之地，中央政权的管辖相对松散，直至隋建国后，岭南实际上的统治者冼夫人率族归降，才开始真正意义上的郡县治理。

桂林佛窟最早开凿时间也是隋朝，这应该不是巧合。但对于官员而言，隋唐两朝，"桂林"一词绝不是吉兆。事实上，它已经成为帝国级别最高的流放地。当时几乎所有的朝廷争斗、党派

独秀峰上所见桂林城

厮杀，失败一方最常见的惩罚，都是谪贬桂林。

比如被长孙无忌诬以谋反的吴王李恪；反对立武则天为皇后的褚遂良；谄事武则天而最终被清算的宋之问；被奸相李林甫排挤的张九龄、张九皋、张九章三兄弟；柳宗元的永州与柳州之贬，也应该是同样的性质……

连篇累牍，数不胜数。

悲愤的心灵总得有个安放之处，而隋唐之际，正是佛教极盛期，君臣上下，如痴如狂；如若穷途末路，更是需要佛陀的慰藉。

如果这就是桂林佛窟的开凿缘起，那么桂北之外，佛教传播难以推行也就好解释了。

佛教的流行，本质上是一种文化传播。对于岭南，每一次谪贬，随着北方官员到来的，其实都是一次高质量的中原文化输入，也是对当地土著文化的一次冲击。一定程度上，甚至可以视作从北向南的某种文化开发，桂北，便是其开发成功的典范之处——从西山到伏波山，海传造像风格逐渐退减，褒衣博带的陆传汉化造像风格逐渐确立，便是土著文化与中原文化在这数百年间的消长趋势。

正常情况下，这种文化开发应该由桂北到桂中、桂南，步步深入，然而，全国交通局势的变化却意外地中止了这次开发。

唐开元年间，张九龄主持开凿梅岭新道后，沟通岭南与中原的陆路通道变得更加便捷；与此同时，随着航海技术提高，商贸船队可以走得更远，使得广州的港口逐渐替代合浦港。因此，中原与岭南的交通，以及其与东南亚的联系，逐渐由广西转移到了广东。更加遥远、更能令胜利者解气的海南岛，则代替桂林成为帝国安置贬谪官员的集中营。

也就是说，那批最需要开凿佛像的失意者，集体被调离了广西。北宋之后，桂林石窟的开凿日渐衰微。

与此同时，与宗教无关的文人题名、题记、题诗、题榜摩崖石刻越来越多，直至将桂林推举成为全国摩崖石刻最多最密集的地方。有意思的是，这些石刻往往与原来的佛龛同处一崖，直接篆写在佛龛或者造像周围的空隙上，这在我所见过的佛窟中也是独一无二的。

这些石刻，今天还能找到两千多件。从内容看，记游、抒怀、言志、论政，无所不有。其中最多的，便是赞美桂林秀甲天下的山水风光。

由佛窟转为赞美风景的文字石刻，除了符合宋元之后佛教的逐渐没落，同时也意味着，随着谪贬功能的转移，世人已经越来

越注意到这座桂北古城怡人的山水与气候。

　　一座山水之城，终于进入了看山是山、看水是水的本来境界。

记行

泾川：崖壁道场

YABI DAOCHANG

舍利子，即佛陀或者高僧遗骨火化后结成的珠状结晶体，是佛门至高无上的圣物。

提及舍利，最为人所知的，应该便是陕西法门寺地宫出土的释迦牟尼佛指骨舍利。法门寺也因此奠定了在世界佛寺中崇高的地位。

法门寺地宫是1987年被发现的。然而，很少有人知道，1949年以来最早、数量最多，甚至于某种意义上更加重要的佛舍利发现，其实并非法门寺，也不在陕西。

那是在秦陇交界处的黄土高原中部，一个名为"泾川"的小城。

陇东北小城，同一遗址，五十年间连续三次出土佛舍利

时光倒退到法门寺地宫被发现的23年前。

1964年12月下旬，泾川县城关公社贾家村生产队社员在平整田地时，刨出了一个状如古墓的地宫。在地宫中，考古人员清理出一个四周刻有缠枝莲纹的长方形石函，石函正中，刻有"大周泾州大云寺舍利之函总一十四粒"16个阳文隶体字。

就像俄罗斯套娃,打开石函,是一具鎏金铜匣;打开铜匣,是一具银椁;打开银椁,还有一具金棺。人们最终在小小的金棺里发现了一只晶莹剔透的蒜头形琉璃瓶,瓶内放的正是那14粒佛舍利。

据考证,这14粒舍利的最初安放者是隋文帝,这座地宫便属于他诏令建造的舍利塔。后来武则天利用佛经为自己女身称帝制造舆论,在隋塔寺的原址敕建大云寺,并取出舍利供奉后重新瘗葬,这舍利早在隋唐时期便已是国之重宝。

出土不久,这批舍利连同五重套函就被调送到甘肃省博物馆收藏。似乎什么事也没有发生,泾川很快恢复了平静。但历史在5年后再次重演:1969年冬,在泾河大桥的铺设工地上,施工人员又发掘出了一个北周早期的石函,其中安放有舍利32粒。

泾川的舍利传奇仍在继续。2012年12月31日,同样是在寒冷的年底,泾川县在复建大云寺时,又发现一处北宋地宫,出土当时僧人从各地搜集而来供养的佛牙佛骨及佛舍利2000余粒。

一方水土得以舍利加持已属莫大荣幸,而泾川区区一县,从1964到2013年,仅50余年却有舍利再三现世。更匪夷所思的是,这三批舍利发现区域都在一里之内,堪称出自同一处遗址。

这应该是世界佛教史上绝无仅有的圣迹。

宋人周密提及汴梁大相国寺时,发过这样的感慨:"曾记佛书言:山河大地,凡为城邑、宫阙、楼观、塔院,亦是缘业深重

所致。"泾川，这个低调而沉默的陇东北小城，究竟为何能与佛门结下如此深厚的缘业？

2018年暮春，我以一名佛教遗迹探寻者的身份来到了泾川。

822个窟龛：泾川惊现"百里石窟长廊"

"上寺街""下寺街""水泉寺""和尚沟""罗汉洞""袁家庵""铁佛村"……

摊开泾川地图，我一眼就发现，这座古城中竟然到处标记着佛的符号。

泾川博物馆的魏海峰馆长告诉我，他统计过，截至1945年，全县一共有58个以佛、寺、庵命名的地名，而且其中绝大部分至今还在沿用。

魏馆长还告诉我，这些地名并非随意而取，几乎每一个都对应着一处修行场所。他说，泾川自古便佛教兴盛、丛林遍地，根据文献记载，截至清末，县境内共有佛寺庵堂153座。

罗汉洞石窟，约有100余洞

"不过，"他说，"这153座寺庙，仅仅是泾川佛教道场的一小部分。"

他说的佛教道场，便是那条泾川"百里石窟长廊"。

"百里石窟长廊"，指的是泾川县境内西起泾河、汭河交汇处的王母宫石窟，东至泾明乡太山寺石窟，呈走廊状开凿出的大量佛教窟龛，累计长度约有百里。据勘察，长廊现存窟龛数至少为822个，主要包括王母宫石窟群、南石窟寺石窟群、罗汉洞石窟群、丈八寺石窟群、凤凰沟石窟群、南石崖石窟群等。

在泾川的两天，在魏馆长陪同下，我逐一探访了最具代表性的名窟。

王母宫石窟，位于泾川县城以西1里，因开凿于王母宫山脚下而得名。这是一座典型的中心塔柱式窟，深10米，宽12米，高11米，中央凿出6米见方的塔柱，四角以四白象驮四塔的造型直托窟顶。早期塔柱四面和窟内四壁分三层，雕塑有佛、菩萨、天王、罗汉、力士、胁侍等造像一千余尊，俗称"千佛洞"。目前塔柱残缺一角，佛像也只余二百余尊，但气象依然恢宏富丽，

· 197 ·

河山纪行
HESHAN JIXING

南石窟寺

最大的佛像仍有4.4米之高。环顾窟中，有一种被天地十方诸佛菩萨垂视的肃然。

相比王母宫石窟，位于泾川县城东15里处的南石窟寺更令我震撼。南石窟寺现存五个洞窟，其中最大的第1窟高11米，宽18米，深13米。环形正壁台基上，雕有七尊均高7米的巨大立佛，隆鼻大耳，长衣垂膝；每尊佛都有两尊女身造型的菩萨胁侍，前壁门两侧各雕一尊弥勒菩萨交脚坐像，窟顶则浮雕佛教经典故事。窟体之宏伟，佛像之壮观，于我实属平生罕见。当阳光从前壁门顶上方的方形明窗中洒下，光线轮转，七佛微笑，一刹那间，如睹佛国。

魏馆长告诉我，此窟的开凿极富传奇性。它不是由表及里、从外到内，而是从最高处的天窗开凿，一次性完成窟顶浮雕，再一边去石、一边凿像。如此由上到下一点点雕琢掏空，石窟才与佛像浑然一体。

也就是说，我眼前的大佛，每一尊都是先露螺髻、再露额头、眉、眼、鼻、唇……最终到脚趾，如此一寸寸浮现出来的。

魏馆长还告诉我，根据文献记载，南石窟寺的全部工程连头带尾只用了一年。

一年！即使在今天，这应该都是个艰巨的任务。我隐约地感觉到，这些石窟背后，除了国力支撑，还很可能有着一支大师级别的专业施工团队。

晋有云冈，陇有泾川：开凿云冈与泾川石窟的，是否为同一支大师团队？

毫无疑问，以王母宫石窟与南石窟寺的规模与造像技艺，即使与敦煌、云冈、龙门之类最著名的佛教石窟比较，也绝不逊色。

事实上，在看到中心塔柱以及北魏风格明显的王母宫石窟时，我当即就想起了云冈石窟中最有代表性的第六窟。那座近方形石窟的中央，也是一个高约15米、连接窟顶的方形塔柱，塔柱四面及窟内四壁也都雕有各种佛菩萨像以及佛教故事浮雕。

无论结构、创意，还是细节雕饰，虽然相距千里，陇东的王

母宫石窟与山西的云冈第六窟，竟然有着如此酷肖的风格。

这两座石窟，有没有可能出自同一个团队？

顺着这个思路，我继续查找史料。

经学者考证，王母宫石窟开凿于北魏太和年间，最可能的建造者是本地人，时任泾州刺史的抱嶷。而根据史籍记载，抱嶷曾经担任大长秋卿——北魏时期主持开凿云冈、龙门石窟的官员，便是大长秋卿。

云冈第六窟的开凿年份是北魏迁洛以前的孝文帝时期，即公元471至494年，与王母宫石窟的建造时代基本重叠。南石窟寺则开凿于北魏永平三年，即公元510年，也相去不远。

种种证据都暗示，主持修凿云冈与泾川石窟的官员，完全有可能是同一个人。

甚至他所选用的工程队，也完全有可能是同一支。

南石窟寺

  泾川石窟专家、文化学者张怀群先生告诉我，泾川百里石窟822个窟龛中，现有造像的仅35个，较为完整的造像只余436尊，绝大多数还是没有任何造像的空窟。

  张先生随即说明，其实，泾川百里石窟长廊最大的价值，恰恰正在这里。正是窟龛中的空无，令这段石窟与敦煌、云冈、龙门，乃至距离最近的麦积山石窟区别开来。

高崖秘窟：最原生态的佛教修行

  南石崖石窟群位于泾川县城7公里外山崖上，总共有石窟106个。

  这些石窟外观并不显眼，但进入之后，我们却发现里面别有

洞天，有礼拜窟、禅修窟、讲经窟、寝窟、仓储窟，还有壁橱、锅台、水井，甚至东司，也就是厕所，一应俱全；而且呈现某种复式套房的构造，以两三个或数十个窟龛形成一个相对独立的群落。

这些石窟最大的特点便是：绝大多数都没有佛造像。

昔人已去。看着空荡荡的石窟，我想起了最初的佛教石窟。

作为一种佛教建筑形式，石窟由印度传入。佛教提倡遁世隐修，因此僧侣们往往选择幽僻之地开凿石窟。不过，印度早期佛教原教旨并不立偶像崇拜，制作佛像是一种亵渎神圣的罪过。即便造像，也通常间接表述，只雕塑莲台、法轮、菩提树、佛足迹等标记来象征佛。

也就是说，同样都是礼拜窟，没有佛像的反而可能要早于有佛像的。魏馆长证实了我的观点，他说泾川石窟开凿年代并不统一，虽然以北魏为主，但也已发现有很多空窟显然要早上许多年，有一些还是佛教传入中国后的第一批石窟，其意义绝不亚于敦煌。

开凿这些石窟的，应该就是真正的苦行僧，最原生态的佛教修行者。我猜测，他们信奉的应该是自觉自悟的小乘佛法。相比以高调姿态向信众开放的造像佛窟，这些朴素的空窟令我明显感到某种渗入崖壁深处的坚忍与孤独，甚至还有一份对外界的戒备与排斥。

这些石窟封闭性很强，防御功能很好，有很多甚至开凿在刀削斧劈般的峭壁上，进入石窟得靠栈道；有的则通过秘道或者竖井进出——所谓竖井，即在崖壁上开凿的井状管道，上下竖直，只能踩着井内壁抠出的脚窝小心攀爬。用石窟，僧人们毅然将自己隔绝了世俗。

魏馆长还带我去看了罗汉洞石窟。这个石窟群同样始凿于北魏，之后历代都有所扩建，在泾川石窟群中属于规模最大的一处；现在保存下来263个大小洞窟，也有一大部分属于空窟；共有19个洞口，上下多层，通过长廊、甬道、竖井相互连通，硬是在山崖内掏出了一座易守难攻的迷楼。

我注意到，无论是南石崖还是罗汉洞，石窟大都开在悬崖壁腰，即便是底层，离地也至少有十余米，而且往往以竖井为进出通道，其实存在相当的危险性。

在很多崖壁的高处，我还看到一种小窟，窟口严实地填满了石块。魏馆长说，那是瘗窟。有些僧人苦修，一辈子不出石窟，去世了，同伴便就地将其封葬在里面。

日出日落，日落日出。面壁枯坐，佛在心头。每一座石窟都在空荡荡的崖壁深处绽放着一个七宝琉璃的极乐西天。

魏馆长介绍说，在百里石窟长廊中，类似南石崖石窟群这样没有佛像的空窟，大约有600个；仅南石崖石窟群，便至少可容纳上千人修行。

河山纪行 HESHAN JIXING

一脉佛光：隐藏于黄土地上的泾河石窟带

当我逐一在地图上寻找这些石窟的位置时，很快发现，这些石窟群竟然绝大部分都排布在泾河两岸的山崖上。

但泾河流经泾川境内的只是其中一段。我想起来，前来泾川的途中，我经过一座名叫彬县的陕西边城。彬县有一座著名的大佛寺，也是因山起刹，在400米长的崖面上开凿出了130多个石窟。

还有与"南石窟寺"对应的"北石窟寺"，那座与泾川同时开凿、互相呼应的石窟群，位于甘肃庆阳市境内。

彬县与庆阳，距离泾川都只有几十公里。更关键的是，它们同样属于泾河流域。泾河，发源于宁夏六盘山东麓，东流至平凉、泾川，于杨家坪进入陕西长武县，再流经政平、亭口、彬县、泾阳后注入渭河。我还记得，泾河的北源——宁夏固原，也有一个规模宏大的须弥山石窟。

当我将视线突破行政区划之后，地图上赫然出现了一条沿着泾河两岸延展，至少超过一百公里，气势恢宏的佛教石窟带。

黄土地上，随着河势蜿蜒曲折，隐然闪现出一脉连绵不绝的佛光。

与这条体量巨大的石窟带相比，中国其他著名石窟群，如敦煌、麦积山、云冈、龙门，都呈现出了某种散点状。不过，一个疑问接踵而来：为何会有这么多佛教徒不约而同聚集到泾河两岸苦苦修行呢？

既然泾河石窟带的核心与精华都在泾川，那么，这个答案还得到泾川去找。

长安门户、丝路要塞：落户泾州的国际禅修中心

泾川，古称泾州，位于关中上游，距离西安仅有240公里，自古便是关中门户。由于陇山、关山、秦岭阻隔，从匈奴开始，五胡十六国直至吐蕃等西部族群进攻长安，很少走今日的天水、宝鸡一线，而多从内蒙、宁夏经泾州东下。故而顾祖禹《读史方舆纪要》如此评价此州："外阻河朔，内当陇口，襟带秦凉，拥

卫畿辅，关中安定，此之系也。"

长安以西，泾州为第一要冲，泾州稳而天下定，因此自从两汉以来，历朝历代都将其视为京师最后的屏障，慎选心腹重臣镇守。

隋文帝择泾州建舍利塔，武则天敕泾州建大云寺，也可以看出这座古城对于帝国的重要意义。

除了帝国军事重镇，泾州还是丝路要塞。

以长安为起点向西延伸，丝绸之路东段分为南、中、北三条线路，泾州正处在东段北线和中线的交点，从汉至唐，泾州都是丝绸之路上的关陇中心，也是西出长安的第一座大城。而海运未辟之前，包括佛教在内的中西方文化交流，基本都沿着丝路传播，也就是说，无论东来还是西去，泾川都是一大枢纽。

尊崇佛教，是从北朝到隋唐一脉相承的大环境，尤其是北魏，佛教几乎成为国教。京都所在，天下释徒自然辐辏而来，长安城内纵然佛刹再多也难以容纳，势必有众多沙门需要在附近另寻修行之处。而作为一门来自异域的宗教，无论传法还是求经，也需要在进京的最后一站或者西行的第一站，互相交流包括语言、旅途攻略、学习心得等在内的种种知识。此外，对于进入实修阶段的修行者，京城的环境未免过于喧嚣，也需得在附近另择幽静之地。

古时候的泾州一带，植被茂密、气候温润——直到今天，泾川的绿化还是甘肃全省第一，生态环境优越，自然物产丰富，农牧业发达，素有陇东粮仓之誉，求取供养相对容易。除此之外，作为帝国门户，有重兵把守形势也相对安定。

另外，泾河两岸山原横亘，都是质地松软的砂岩，用来雕琢佛像固然硬度欠佳，但开凿洞窟却是再合适不过。

种种机缘共归一处。就好比今天北京的西郊北郊，众多北漂族聚集的上地，中古一波又一波的佛教徒，将自己的长安梦一凿一凿铭刻在了泾川的崖壁上。

泾渭分明。被石窟一路夹护的泾河，很容易令我联想起另一条同样由西而来奔向长安的河流——渭水。丝路东段，南线便是沿着渭水而行。正如泾水流域的释迦石窟，渭水流域也有著名的终南草堂，被视为道家修行的圣地。

两条同样走向甚至同样性质的河，为何走出的却是风格迥异的两种轨迹？

我为自己找到了一个答案：毕竟，渭水之滨的岐山周原，是周王朝故地，文王周公教化所在，是最正统的中华文明渊薮，道家居此根深蒂固；佛教终究属于外来，短时间与本土宗教不易调和，还是退避三舍另起炉灶更为自在。

叮叮当当的斧凿声中，一个丝路上最重要的佛教重镇落地生根，并随着泾河的水流悄然扩张。从北魏到北周，从北周到隋唐，随着长安成为世界之都，泾河两岸也成为帝国最大的道场，甚至

堪称国际性的禅修中心。

菩提流支、勒那摩提、昙摩蜜多东来，法显、智猛、宋云、惠生西去。东西方的僧人在泾州相互礼拜，在崖壁上比邻而居。

在泾河大桥上俯瞰这条凝重而流速缓慢的河流，我想起了印度的恒河。我猜测，这段流域巅峰时期应该有着不亚于佛陀驻世时的盛况。每一位在此经过的大师，都会让这条河水沸腾。所有的石窟都会因为瞻仰他的仪容而灯火通明，所有的听众都因为他的精妙开喻而欢呼喜泣。

而平常的日子，这条河又会恢复属于修行者的宁静。每个晨昏，僧侣都会来河畔洗濯衣钵，他们彼此谦让，微笑，默不作声。入夜之后，崖壁深处却会陆续响起诵经声，而通过石窟的自然音响效果，这些不同口音甚至不同语言的祷祝，会混合成一股温和而有节奏的声浪，随同夜风在河谷间来回盘旋。两岸山崖上则红光万点，那是每座佛龛前燃起的灯烛，将这夹水峙立的百里峰峦点缀得玲珑剔透而又法相庄严，俨然是佛祖的灵山。

不过，正如泾河石窟的低调与质朴，除了少数几位高僧，比如前秦时的竺佛念、鸠摩罗什的弟子道温，绝大多数泾河边上的修行者都没有留下名字。

令我意外的是，在这里我竟然找到了孙悟空。

对西行求法起点的另类纪念：《西游记》的开篇之地在泾河流域？

唐玄宗时的泾阳人车奉朝，做过泾州的四门府别将，武艺高强，据说所使的兵器是一根熟铁棍，重达36斤。

公元751年，唐玄宗遣使护送罽宾国使者返西域时，车奉朝随行，后因患重病，不能随团返回中原，便在罽宾皈依佛门。他在西域游历三十多年后归国，德宗皇帝赐其法号为"悟空"。

很多学者认为，他就是《西游记》中孙行者的原型。

我又想起，同在泾河石窟带上的彬县，有一座著名石窟，自古便号称水帘洞。

南石窟寺

还有唐僧取经缘起的龙王索命，那条被魏徵梦中斩杀的老龙，也是泾河龙王。

甚至还有"蟠桃大会"。泾川的西王母信仰极盛。自北宋初年开始，每年王母宫都会举行极其隆重的庙会，延续至今已有一千多届。

台湾位于东海，却也极为崇拜西王母，信众至少有百万之多。从20世纪90年代起，这些虔诚的崇拜者便反复前来内地，为他们的王母寻根访祖。山东泰山、新疆天山……他们几乎寻遍了所有传说中的西王母遗迹，最终认定，泾川回中山的王母宫才是西王母的祖庙。

他们的考察得到了大量文物与文献支持，其中包括一块刻有

"王母宫蟠桃大会之年"的明代残碑。

经考证，这块残碑刻于1542年，而据我所知，《西游记》现存最早的版本刊行于1592年：如果不是巧合，吴承恩或许从泾川王母宫汲取过灵感。

一部伟大的西行名著，开篇却屡屡指向一条陇东的河流——如果是作者有意为之，这能否理解为千年之后，国人对这个长安西去第一城、西行求法起点的另类纪念吗？

地水火风：千年石窟如何逃脱劫难

"泾川有个倒吊塔，把天坠得咯吧吧，行人时常从此过，不知金塔在哪哒。"

这是一段在泾川广为流传的古老民谣。根据语意，似乎是某处隐藏了一座奇怪的倒悬宝塔。其实它说的也是一座石窟：蒋家村凤凰沟内一处偏远坡崖上的"吊吊塔石窟寺"。

事实上，正如王母宫石窟，这座石窟也属于"支提窟"。所谓支提窟，也叫塔庙窟，即在洞窟的中央设塔供信徒回旋巡礼。为了使建筑结构更牢固，通常塔顶上接窟顶，可以像柱子一样起到支撑的作用，因此被形象地称为中心塔柱。吊吊塔不过是因为下部经历水浸风化，日久消蚀，以至于上粗下细，形如倒挂罢了。

2000年7月，泾川文保人员考察吊吊塔石窟时，还能见到

这一倒悬于洞中的石塔，基座四周分数层雕刻有许多佛像，外层以泥表造形并加以彩绘，是一个十分精美的覆钵形造像塔——覆钵形塔这种特殊塔形，在我国早期佛塔中虽有记载，但之前并未见到实例。

但十余年后，当张怀群先生再次找到这座石窟时，却看到塔底被垫上了几块破砖——原来塔的下部消蚀速度越来越快，当地农民担心石塔坠落，临时采取了这种朴素的救助方式。

从北魏到隋唐，泾河石窟带进入极盛期，据不完全统计，仅泾川境内，每年至少有一万八千人在此修行。然而，安史之乱之后，佛教也因为战乱以及唐末、五代两次灭佛运动元气大伤，寺院毁坏，僧侣逃亡。宋元之后，虽然有所恢复，但由于丝路已经转移到海上，泾河石窟的盛况一去不返，大量石窟开始荒废、残破，很多变成当地民众避难的场所，罗汉洞一度成为白莲教起义的据点，至今还能在洞中看到当时留下的宣传标语。

另一方面，由于泾河两岸的山石属于砂岩，故极易风化。现存佛像，大部分面目都已经开始模糊，而且风化的速度还在加速。我们在参观每一座洞窟时，脚底都能踩到厚厚一层砂。

还有泾河的危害。我所看到的泾河，虽然只是一股窄小而混浊的浅流，但宽阔的河床喻示着，它同样有着非同一般的暴戾。历史上泾河多次暴发严重的洪水，今天的泾川城事实上便是在明初被洪水冲垮而不得不整体迁址的。而每一次洪水，对于石窟都是一次浩劫。根据测算，从北魏至今，泾河水位至少抬高了10米，也就是说，当年的石窟已经有一大部分被埋入了河底的淤泥中。

还有人为的因素。20世纪初外国探险家的偷盗以及"文革"时的破坏暂且不提，仅举一例：罗汉洞乡霍家沟口的千佛寺，东西约1公里，石窟群中有石佛像千尊，故得此名。20世纪50年代修筑南灌渠，从寺中穿过，三分之一的石窟及佛像被毁；90年代，312国道改道，再次从寺中穿过，又毁掉三分之一。

20世纪70年代，修建泾河何家坪滚水坝时，也淹没了不少禅窟、造像窟。

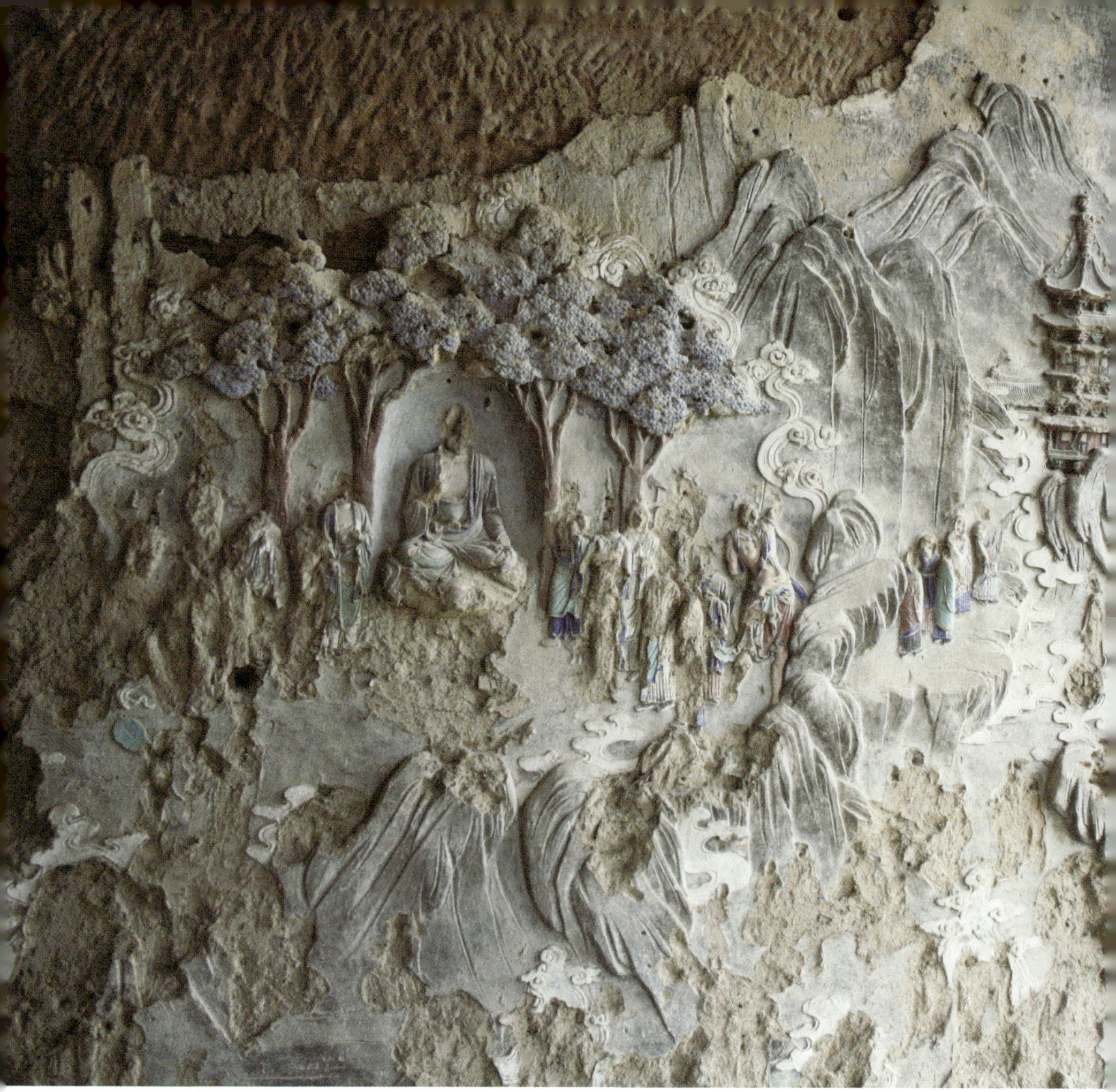

泾川
崖壁道场

罗汉洞石窟泥塑彩绘壁画

参观过程中，我们发现，很多石窟没有任何防护，就袒露在公路边上，在车来车往中慢慢剥蚀、坍塌。

看着我在泾河大桥上感慨不已，魏馆长长叹一声，说："你脚下的桥，明年也要拆了，太窄，影响交通。"

我记得，当年正是在建造这座桥时，发掘出了第二批舍利石函，如此算来不过才五十余年。

沧海桑田，正在我们眼底飞速流转。

河山记行

河西走廊：开玉门

KAI YUMEN

再次见到长安城时，那条雄壮的汉子已是须发花白，皱纹成壑，老态尽显。

自从这座宏伟的城池在视线尽头遥遥升起，张骞就不由自主地微微颤抖起来；好容易熬到距离城门只余一箭地，他迫不及待地下了马，整整衣冠，从马鞍上郑重取下了那根两头都已经磨秃的使杖。

灞水依旧，长安依旧，守城的将士也挺拔依旧，一切似乎还是那个起风的午后。仿佛只是转一个身，半生便如流沙从指间滑落，曾经的激情与梦想，统统被风干成了大漠深处的一蓬枯草。

抚摸着粗糙的城砖，张骞泪流满面。

凿空

公元前126年，出使西域13年后，张骞重新回到汉都长安。出发时使团一百多人，还朝者仅两人。

张骞本人可能不会意识到，他这13年的漫长冒险究竟有着多么深远的意义。今天，西方学者纷纷将他誉为"东方的哥伦布""第一个睁开眼睛看世界的中国人""丝绸之路的开拓者"，而在中国，从司马迁开始，传统的史书中把他的壮举概括为一个专有名词："凿空"。

张骞的出使不仅是一次极为艰险的外交旅行，同时也是一次

河西走廊
开玉门

玉门关

对西域卓有成效的全面考察。回长安后，他将葱岭东西、中亚、西亚，以至安息、印度诸国的位置、特产、人口、城市、兵力等信息，向汉武帝做了详细报告。这份报告至今仍是研究上述地区古地理和历史的珍贵资料。

在这份报告的基础上，经过一系列部署，汉武帝在河西走廊陆续设置了武威郡、酒泉郡、张掖郡、敦煌郡，史称"河西四郡"。自此，河西走廊纳入中华版图。

张骞凿空的两千多年后，我来到了与河西四郡同时设置的汉代古关——玉门关。浩瀚的戈壁深处，一座长宽都仅有20多米的方形土城，实在很难让我将其与史籍上的记载联系起来。这里的天太苍茫，地太辽阔，风太猛烈，而人太渺小，在无边无际的黄沙与戈壁之中，太难留下痕迹。

落日孤烟、边塞烽火、羌笛胡笳、驼铃琵琶……玉门关下，追随着当年张骞远行的方向，我努力寻找沙丘背后时光滑落的残痕。

通道

作为汉帝国最西边的关塞,无论是广义的亚洲中西部,还是狭义的葱岭以东,和阳关一样,玉门关都是西域的起点——这两座关城就像帝国的一双眼睛,随着它们的开阖,或是决眦遥望,或是垂睑内省,以不同姿态面对着西方。

在汉字中,每个方位词都有专属的文化意义。依照五行学说,西,意味着杀伐和萧瑟,几乎每个带"西"的词语,如夕阳西下、古道西风,多多少少都令人感觉凄迷、零落、荒芜,有种带着凉意的哀伤;并且随着距离远去,交通艰难,这种情绪还会无限放大,直到无边无涯,填满整个天地。因此,对于汉人,往玉门外迈出的每一步都包含着放逐。

尽管被誉为"东方的哥伦布",但对于汉帝国而言,毋庸讳言,派遣张骞使团西行的根本意义,并没有太多对未知世界的好奇,而是为了本土的安全。史书明确记载了汉武帝交给张骞的任务——"断匈奴右臂"。

西汉初年,匈奴崛起,控制了中国东北部、北部和西部广大地区,还以西域为据点,经常侵袭汉域。汉武帝即位后,得知被匈奴灭国并驱赶西迁的大月氏有报仇之意,便决定遣使与其联合,以夹攻匈奴。

应该说,正是因为汉匈之间的战争,探索西域才真正被提到汉庭的议事日程上来;而两汉史书对于西域的所有记载,也始终

围绕着这场旷日持久的拉锯战进行剪裁。张骞带回来的一个个陌生而拗口的国名，都用规范的隶书书写，被仔细地填入了作战地图。而那张狼烟滚滚的地图，所有的线条符号，再怎么曲折迂回，最终都指向匈奴。

比如公主和亲是为了争取盟友，征大宛取天马是为了改良骑兵马种，甚至在离宫种植苜蓿也是为了培育优质牧草——汉庭与西域有关的所有行动，都有着针对匈奴的强烈目的性。

然而，动机与结果往往不会对应。正如蝴蝶的翅膀最终能扇起一阵飓风，历史的多米诺牌倒向了张骞与汉武帝都预料不到的方向。长远看，河西四郡的设置，与其说巩固了对匈奴的胜利，毋宁说打通了整个欧亚大陆梗阻的脉络。

河西走廊东起乌鞘岭，西至古玉门关，南北介于南山（祁连山和阿尔金山）和北山（马鬃山、合黎山和龙首山）间，长约1000公里，宽百十公里不等，最窄处仅数公里，就像一条西北东南走向的狭长走廊，故而得名。

尽管我们经常无比自豪地夸耀中华的广大，但事实上，大航海时代之前，我们的国土其实是个内闭的大陆。沙漠、高山、海

洋、热带丛林、极北荒寒，其实暗暗画了个圈子，把黄土地上繁衍起来的人圈在了里面。在此情形下，河西走廊的开通愈发重要。

军人其实只是匆匆的过客，商人们才是走廊真正的行者。循着河西走廊，他们将中亚、西亚乃至欧洲的葡萄、核桃、苜蓿、石榴、胡萝卜和地毯等传入汉地，中国回报的，则是丝绸和铸铁、开渠、凿井等技术。欧亚大陆的东西两大板块第一次有了交流。

行走于走廊的还有虔诚的使徒。佛教、基督教、祆教、伊斯兰教……数千年来，这条路上反复吟唱着不同口音的人间哲理。季羡林先生这样评价："世界上历史悠久、地域广阔、自成体系、影响深远的文化体系只有四个：中国、印度、希腊、伊斯兰；而这四个文化体系汇流的地方只有一个，就是中国的河西走廊敦煌和新疆地区，再没有第二个了。"

河西走廊在今天的甘肃省境内。从地图上看，略似哑铃状的甘肃就像一条长臂，臂弯连着关中，手掌直抵新疆。在张骞与汉武帝的时代，中华帝国终于不再蜷缩一隅，舒展开了西边半个庞大的身躯。

一道大门，既然打开了就很难再被合拢。汉武帝之后，虽然随着政局的变化，汉廷多次调整过对西域的政策，也出现了东汉所谓"三绝三通"的波折，魏晋南北朝时，虽然中华因碎裂而鞭长莫及，但河西始终驼铃不绝。只是乱世中，毕竟关卡重重、捐税繁多，亚洲的西方从来没有如此期盼过丝路那端国度的强壮和清明。

暗夜里的驼铃声，响得如此悲凉，却又如此倔犟。

鱼龙曼延

即使在今天，那也是一个奇迹。

隋大业五年（609）六月，一夜之间，张掖焉支山山脚，竟然凭空出现了一座巍峨的城池。消息传开，顿时轰动了整个张掖，人们扶老携幼，从四面八方纷纷拥向了那片原本沉寂的草原。

原来，那座有如神迹的城池，便是传说中可拆可合，仅侍卫便可容纳数百人的活动宫殿"观风行殿"；而行殿的主人，便是当朝天子，炀帝杨广。

隋炀帝一生好远游，在位14年，在长安和洛阳的时间大约只有5年。公元609年，他的庞大车队驶向了帝国的西方。

这次西巡，隋炀帝创造了很多纪录。除了扈从的军队和官员多达十万人之外，他还是所有统一王朝中唯一抵达河西的皇帝。而这次声势浩大的巡游，在张掖达到了高潮。

用当代的话说，一千四百多年前，隋炀帝在张掖主持召开了一次规模盛大的万国博览会。

隋炀帝抵达张掖后，高昌王、伊吾吐屯设等西域几十个国家的国王或者使臣前来谒见，表示愿意臣服。炀帝为此在焉支山脚的草原上举行了长达六天的盛会。

河山纪行 HESHAN JIXING

　　那六天，焉支山脚日夜灯火辉煌，欢声雷动，与会人员外加前来观礼的张掖、武威百姓，挤满了一片方圆数十里的草原。炀帝大摆排场，极尽奢华之能事，除了观风行殿，还设置了可容数千人的"千人帐"，盛陈珍宝文物丝绸锦缎，任凭诸王、使节与商贾赏玩，并在殿内设下最高规格的国宴，随行的皇家乐团奏宫廷宴乐助兴，甚至表演了大型幻术"鱼龙曼延"。

　　这次盛会，炀帝耗费巨大，不过，他马上得到了丰厚的回馈：伊吾吐屯设等国当场向隋王朝"献西域数千里之地"。

　　伊吾吐屯设献地，固然是慑于炀帝布置的恢宏场面，但更主

要的原因还在于，就在不久前，他们亲眼看到了不可一世的吐谷浑遭遇大隋军队后摧枯拉朽般覆灭。

此时的隋炀帝尚未表现出太多后来的昏聩。在河西，他精心导演了一出刚柔并济的大戏。

魏晋以来，中原政权控制无力，西域的霸主轮番更替，到了隋朝初年，称雄西域的主要有三股势力：西北的突厥，西边的吐谷浑和党项。三族地扼丝路要冲，对隋边境屡有侵扰。炀帝初年，突厥由于多年内讧，加上隋朝的军事打击，威胁已经大大降低，党项也兵败内附，只有吐谷浑仍然桀骜难驯，最盛时据有今天的青海大部、新疆南部以及甘南川北一些地方，"东西三千里，南北千余里"，时战时和，实为隋王朝在西部的头号劲敌。

炀帝即位后，"慕秦皇汉武之功，甘心将通西域"。在大臣裴矩的协助下，他把制服吐谷浑、交通西域、发展丝路贸易定为国策。

为此，炀帝双管齐下。一方面，他派遣裴矩掌管张掖的商贸互市，招徕西域诸国的商贾使臣；另一方面，连续出兵攻打吐谷浑。吐谷浑大败，伏允可汗狼狈逃入雪山。大业五年（609）的西巡，隋炀帝也有御驾亲征、清剿吐谷浑余部之意。焉支山盛会，正是他在凯旋途中召开的。携着击溃吐谷浑主力的兵锋，再刻意用观风行殿、千人帐、珍宝文物来彰显国力的富强，如此恩威并施、文武火交替使用，终于，炀帝的掌心握住了西域

数千里的黄沙绿洲。

六月十八日，焉支山盛会的最后一天，炀帝下诏，在吐谷浑故地设西域四郡：鄯善、且末、西海、河源。从此，西域门户再开。

焉支山盛会后，入隋的商贾和各国使节源源不断。根据史书记载，隋炀帝大业年间，相率而来朝的国家有三十多个，丝绸之路一派繁忙景象。

张掖，当年汉武帝以"张国臂掖"而命名。中华帝国的这支长臂，在萎缩了三个多世纪后，终于血肉丰满，再次向西方伸出了强壮有力的手掌。

然而，谁也想象不到，对于河西，对于西域，炀帝就像他的鱼龙曼延，再怎么翻江倒海腾龙起凤，终究只是一场幻梦。

好景不长，随着炀帝统治的恶化，天下重又大乱。"十八路反王，六十四处烟尘，七十二家盗贼"，中华腹地狼烟四起。

趁着隋末的动乱，突厥以及吐谷浑一度复兴，虎视河西陇右，再为边患。不过，李唐王朝建立，国力迅速复苏，重回西域再一次被提上了议事日程。太宗登基后，大唐终于重拳出击，先后命李靖、侯君集等大将率军西出征讨。

贞观四年（630），唐军灭东突厥，生擒颉利可汗。

贞观九年（635），吐谷浑伏允可汗兵败身死，其子慕容顺率领族人集体归降唐朝。

突厥、吐谷浑再度臣服，从此河西走廊再无威胁。在此基础上，唐王朝继续挺进西域，跨大漠，越雪山，相继降高昌、平焉耆、破龟兹，设安西四镇，终于统一西域，确立了唐王朝对今新疆及中亚大部分地区的统治地位。太宗本人也被西域诸国奉为"天可汗"。

河西走廊就像一支巨大的接力棒，由汉武帝传到隋炀帝，又由隋炀帝递给唐太宗。现在，它被握在了中国历史上最伟大的君主手里。

公元7世纪中叶，"天可汗"与他的帝国以河西走廊为鼓槌，面向整个世界，奏响了高亢而豪迈的东方音符。

胡旋舞

谁也想象不到，一个三百多斤重的大胖子，转起圈来竟会如此轻盈。

几乎只是一甩袖子，安禄山臃肿的身躯就变成了一个巨大的陀螺。他飞快在波斯地毯上转了起来，刚开始，人们还能看到他因为剧烈运动而从额头渗出的汗珠，但随着节奏的加快，片刻之后连他的五官都已辨认不清了。

殿内顿时轰然喝彩，其中最兴奋的还是杨妃。看她坐立不安的样子，这位舞蹈家想必被安禄山的胡旋舞勾起了瘾头。玄宗瞧在眼里，心中欢喜，竟然令人取过一面羯鼓来，挽起袖子亲自为

安禄山伴奏——玄宗精通天下乐器,但他最喜欢的还是这种羯鼓,甚至说羯鼓是八音的领袖,其他乐器都不可与之相比。

急促的羯鼓声中,安禄山转得愈发迅捷,就像在殿内卷起了一团灰蒙蒙的旋风。

前"贞观"后"开元",炀帝遗下的短暂混乱后,中华帝国终于迎来了一个被后世奉为传奇的辉煌盛世。

然而,假如仔细分辨就能发现,这个中国的黄金时代却洋溢着浓郁的异族气息。

盛唐时期的长安城是当时世界上规模最大的都市,人口近百万,其中长住的外国人就有数万之多。"深目高鼻,浓髯卷发"的异邦客人充塞着帝国的心脏,一时间长安胡气氤氲,从皇帝到平民,胡风盛极一时,尤其是胡饼、麻饼、烤肉一类带有浓郁异域特色的饮食,更是受到热捧,以至于胡人开出了美食一条街,并有热情奔放的胡姬陪酒。有不少唐诗提到了这些酒店和胡姬,如李白便有"胡姬貌如花,当垆笑春风""落花踏尽游何处?笑入胡姬酒肆中"等诗句。

而这一切都与胡旋舞与羯鼓一样，来自遥远的西域。

唐王朝对西域的经营，无论规模，还是力度，都大大超过前代，实际控制的范围甚至超过了西汉巅峰时期，中外商旅贸易空前兴盛，不仅为大唐创造了前所未有的财富，还从根本上改变了一个王朝的气质。而作为联系着都城与西域的最重要通道，河西成为整个帝国最受瞩目的区域。

有一个著名的典故，"旗亭画壁"，从独特的角度反映出了当时各阶层民众对河西的向往。

所谓旗亭，即酒楼。玄宗开元年间，诗人王昌龄、王之涣、高适游学洛阳，一个雪天，三人小聚酒楼，忽有梨园伶官十数人登楼会宴。三人回避，躲在角落围炉观看，接着又有四位妖艳女子登上楼来，随即乐曲奏起，演奏的都是当时的名诗。三人遂相约，说彼此各擅诗名，但一直未能分个高低，今日且借这些歌女的表演定个输赢。最终，王之涣取得了胜利，因为最美丽的那位歌女唱出了他的《凉州词》。

"黄河远上白云间，一片孤城万仞山。羌笛何须怨杨柳，春风不度玉门关。"凉州，即今天的甘肃武威，亦即汉武帝所置的河西四郡之一。

就像改革开放初期的广东深圳，或者是今天的世界潮流中心香榭丽舍大街，最前沿的河西，不只是一条连通东西的通道，更

是帝国最具活力的经济特区和最令人激动的时尚之都。

虽然唐人常云"扬一益二"，但河西的繁荣也不遑多让。据杜佑《通典》记载，天宝八年（749），全国和籴仓储粮总数1139530石，其中河西即多达371750石，占到了32.6%。时人则云：开元时"西有甘、凉六府之饶，东有两河之赋"。顾祖禹也在《读史方舆纪要·甘肃镇》中说："常考河西水草丰饶，训兵足赋，于屯牧为宜。昔人云：'屯修于甘，四郡半给；屯修于甘、凉，四郡粗给；屯修于四郡，则内地称苏矣。'"河西之富庶，帝国之倚重，皆于此可见一斑。

按后世的划分，《凉州词》被归类为边塞诗。文学史上，唐以前的边塞诗现存不到二百首，而《全唐诗》中所收的边塞诗就达两千余首，可见诗人们对帝国西陲的热爱与关注。

正如当代的艺术家很多都有过北漂的经历，大漠孤烟的"西漂"在唐朝蔚然成风。几乎每一个有名的诗人都到过河西，而他们在河西创造的作品，往往都是后人难以复制的精品。作为直接面对世界的窗口，对于大唐这样一个诗的国度，诗人的健笔无形中也给列国塑造了一个强盛的国家形象。

每一首唐诗都是知名大V的微信微博，每一个诗人都是对外宣传的自媒体。交流是双向的，长安固然为西域的绿洲心驰神往，中亚列国更是为了诗歌中描绘的河西走廊那端的天可汗之国如痴如醉。当然，他们对于大唐并不陌生。那时的河西走廊已经是当时世界最高级别的高速公路，疾驰的驿马每日都会带来几千里外的最新消息。他们对朝廷的任何调整都了如指掌，敦煌酒馆与长安坊间，同一时间谈论的很可能是同一个大臣的荣升或者黜免。

20世纪初，敦煌出土了两份"进奏院状"，现分别存放于伦敦不列颠博物院与巴黎国立图书馆。有学者以为，这两份唐僖宗年间的文件，性质属于"邸报"，即专门用于传知朝政信息和政治情报的新闻文抄，因此是世界上现存最早的报纸。

河西走廊又成了一座金光闪耀的万花筒。从戈壁黄沙中走来的各国商旅，透过河西的繁荣与富庶，在世界的东方找到了自己的梦想。他们对走廊那端土地的眷恋，甚至超过了自己的故乡。

有这么一个例子：随着中外贸易的发展，滞留中国的外国商贾越来越多，德宗时宰相李泌曾经整理长安的胡番户籍，要求胡人要么离境回国，要么加入唐籍从此定居，结果查出的四千多人竟然没有一个愿意回国。

河西走廊就像一条粗壮的管道，连接着长安和西域、中亚，源源不断地为双方交换着财富和活力；更像一架巨大天平的横梁，稳稳地在世界东方撑起了一个黄金般闪耀的天堂。

直到那天，帝国的东北方向，传来另一种与羯鼓节奏完全不同的鼓声。

寂寞沙州冷

"渔阳鼙鼓动地来，惊破霓裳羽衣曲。"

谁也没有想到，短短几十年，天可汗的王朝竟会堕落得如此不可救药。

唐天宝十四载，即公元755年，十一月初九，身兼范阳、平卢、河东三镇节度使的安禄山叛唐，安史之乱爆发。

值得一提的是，安禄山的先祖是西域粟特贵族，也是通过河西走廊进入中国；他集结的15万叛军中，有一大部分是突厥、室韦等所谓的胡人，日后延续叛乱的部将史思明，原来姓阿史那，也是一个突厥人。

安史之乱给唐王朝带来的打击几乎是致命的。洛阳长安两都相继沦陷，玄宗狼狈逃蜀，李唐皇脉命悬一线。经过首尾八年的苦战，才艰难平乱。

大难方消，满目疮痍，在这场浩劫中幸存的人们喘息定了，重新打量起身边的一切，这才发现，八年后的世界，与从前已经完全不同了。

帝国已然偏瘫。叛乱爆发后，唐王朝调遣西北边军入内地勤王平叛，造成边防空虚。野心勃勃而又被压制多年的吐蕃趁机集结重兵，大举入侵河陇。公元763年，也就是安史之乱被平定的那一年，吐蕃军队已经尽陷凤翔以西、邠州以北数十州之地；之后，吐蕃继续深入，先后占领凉州、甘州、沙州、肃州、瓜州等

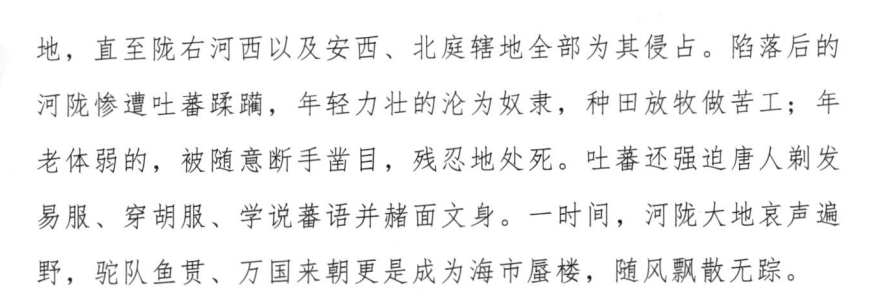

地，直至陇右河西以及安西、北庭辖地全部为其侵占。陷落后的河陇惨遭吐蕃蹂躏，年轻力壮的沦为奴隶，种田放牧做苦工；年老体弱的，被随意断手凿目，残忍地处死。吐蕃还强迫唐人剃发易服、穿胡服、学说蕃语并赭面文身。一时间，河陇大地哀声遍野，驼队鱼贯、万国来朝更是成为海市蜃楼，随风飘散无踪。

吐蕃之后还有回鹘，还有党项。昔日的通衢始终熄不了烽火狼烟。安禄山的发难，宣告了中国对外从攻势转为守势，由外向转为了内省。中国的北方，也在旷日持久的战争中耗竭了元气，经济中心逐渐东移南移，汉族政权的都城逐渐由长安移到洛阳，再移到开封、临安……汉武帝与唐太宗的长安城已然成为废都，随着航海技术的发展，商人们也逐渐用舟船代替了骆驼。

两宋以来，海上丝绸之路逐渐代替了陆上丝绸之路。河西走廊上的脚步声越来越稀疏，风沙的呼啸声中，西半个帝国逐渐苍老、枯槁，陷入了漫长的沉睡。

又一个乱世来临之前，沙州僧人为了避免破坏，将重要的经卷文献和佛像、幡画都集中起来，藏在隐蔽的洞窟中。当事人和知情者去世后，藏经洞的秘密逐渐不为人所知。

其中很多文献记载了那几百年的争斗。随着洞口的封闭，汉武帝、隋炀帝、吐谷浑、唐太宗、吐蕃，兴亡悲欢荣辱成败，都隐入了那堵薄薄的土墙后面。

河山记行

都兰古墓群：最后的吐谷浑

ZUIHOU DE TUYUHUN

"20世纪80年代初，昆仑山腹地，突然出现神秘生物骸骨，国家立即组建科考队，并邀请摸金校尉胡八一为向导，前往探秘。经历了种种艰险之后，发现了一座尘封千年的九层妖塔，其中宝物无数，却又机关重重……"

《九层妖塔》是根据热门小说改编的系列电影《鬼吹灯》中很著名的一部。不过，很多人不知道作者的创作其实有所摹本，青藏高原上真的有一座"九层妖楼"，就在青海省海西蒙古族藏族自治州，柴达木盆地东南隅，一个叫都兰的小县城。

"温暖"的地下，有两千多座古墓

如果把青海湖比喻成眼睛，那么从地图上看，青海省很像一只面朝东方的兔子，都兰就位于这只兔子的脖颈处。

都兰县城很小，街道横平竖直，高楼很少，人口不多，全县4.527万平方公里的面积，相当于七个上海，却只有十来万人，县城更是只有两万左右，还不如大城市的一个住宅小区。

不过，城镇虽然小，但都兰看起来并不萧条。这或许归功于高原每天十多个小时的日照，还有满大街的美食——都兰县城中的密集饭店颇令我有些意外，而且从店招看来，以川菜为主打，可见当地居民口味之热烈奔放。

"都兰"一词来自蒙古语，意思是"温暖"。然而，就是这

察汗乌苏河

样一个充满了阳光与炊烟,如其名称般色调明媚的高原小县地下,居然埋藏着两千多座千年古墓葬。

"九层妖楼"就是其中之一。

都兰县的县城是察汗乌苏镇,因流经于此的察汗乌苏河而得名。"察汗乌苏"系蒙古语,汉语意为"白水河"。溯河而上,在县城东南约10公里的热水乡有一道热水沟,也就是察汗乌苏河两岸河谷台地,都兰古墓群中最密集的一段就在这里。

都兰古墓葬从都兰县夏日哈乡到诺木洪乡皆有分布,从东到西绵延200多公里,分为夏日哈、热水、柴达木河等近十个墓群,而其中以热水墓群数量最多,等级也最高。短短7公里的台地上,已经发现的大小墓葬就有300多座。

其中规模最大的那座,便是传说中的"九层妖楼"。

因为所在位置是热水乡扎马日村血渭草原,在考古学上,它被编为"血渭一号"。

河山纪行 HESHAN JIXING

"血"字惨烈,"渭"字苍茫。但其实所谓的"血渭",只是这片草场原主人家族名称、藏语"Shevu"的音译,汉文本身并没有任何意义,甚至可以替换为"偕微""斜威"等。不过,当一座古墓最终被以这样的名称传播时,其原有的诡异与恐怖愈发森然起来。

一座"妖楼",尚未现形,仅闻其名便已勾魂摄魄。

血渭山下的高原金字塔

当我真正站在血渭草场上仰望这座"妖楼"时,心中震撼无与伦比。

这是一座在自然山体形成的平台上夯筑的覆斗墓,双层封土。从上而下,每隔一米左右,就有一层排列整齐、横穿墓葬的柏木，共有九层之多，"九层妖楼"由此得名。而从正面看去，平地拔起的等腰梯形墓体，很像一个汉字"金"，故而也有人将其称为"东方金字塔"。

资料显示，这座古墓东西长55米，南北宽37米，高度则大致为33米。有学者推算，以古代技术建造这么大的工程，至少需要一万人苦干一年。

这些数据令我联想到秦始皇陵。据测绘，经历了两千多年的风雨侵袭、地貌沉降后，今天的始皇陵高度约为50米。只比始皇陵低十几米，血渭一号的壮观可想而知。

但在我眼里，血渭一号的气势甚至超越了秦始皇陵。

这不仅仅因为大墓所在是高原荒野，天然具备一种苍凉雄浑的意境，更是因为，即便以我这样的风水外行也能看出来，这座古墓透露着一股睥睨天下的王者之气。

大墓坐北朝南，而其背倚的，是两条各自从东西方向如苍龙般绵延而来的山脉，刹停在古墓左右，形成天然的"二龙戏珠"之势；更绝妙的是，古墓正后方，也就是两山相对的豁口，又有一禽首形巨岩突兀而起，迎面眺望，酷似雄鹰展翅——左右两脉山此时成为巨大的鹰翅——将古墓护在怀中。

我来到这座古墓下时是晚上8点。这个时间，我所居住的江南早已霓虹闪烁，但血渭草场上还只是落日时分。暗蓝色的天幕背景下，夕阳的金光斜斜射着古墓，射着墓后那只蹲踞了千万年，

将所有表情都隐入山石的猛禽。

墓前是察汗乌苏河，前一天刚下过一场暴雨，水流格外湍急，但仍然清澈；河对岸，是草场与远山，孤独的牧人已经默默地赶着牛羊离开。目力所及，海拔3600米的广阔高原上，只有我们一行三人，只有风刮过枯草的声音。我能听到自己的心跳。那一刻，我感受到了难以言说的寂寥，同时，还有一种穿越时空的庄严。

这样的屹立，注定会成为传奇。

事实上，它能被考古学家发现也是因为传奇。

1982年5月的一天，青海省文物考古研究所的许新国一行来到都兰芦丝沟考察岩画（芦丝沟就在血渭一号大墓对面、察汗乌苏河的南岸），夜里借宿在藏族牧民达洛家里。闲聊时，达洛告诉他们，河对岸有一座很大的古墓，故老相传，里面有很多金银财宝，但都被一个可怕的妖怪守着，因此被称为"九层妖楼"。

"九层妖楼"的传说引起了许新国等人极大的兴趣，第二天，他们就蹚过冰冷的察汗乌苏河，在血渭山前找到了一号大墓。他们进而发现，一号墓并不是孤例，在其附近，至少还有数百座大大小小的古墓葬，当地百姓甚至说，血渭草场上，"见个土包就是坟"。

就好像整整一个国家被埋入了青海腹地的这片荒漠戈壁。

一场对"妖楼"的考古就此展开。

吐蕃与吐谷浑：谁才是"妖楼"的主人？

从 1982 年 7 月一直到 1985 年 11 月，青海省考古所在都兰热水血渭草场，对血渭一号进行了持续四年的考古。在大墓南侧，他们发现有殉马坑 5 条，殉马骨骼 87 具，另有殉牛坑、殉犬坑多处。出土文物有金银器、铜器、漆器、陶器、木器、织锦袜、皮靴、钱币等，以及一批丝织品。以墓葬规格与随葬品档次来看，墓主人的身份极为高贵，很可能达到王的级别。

1999 年 7 月，北京大学考古文博院联合青海省文物考古研究所，在与血渭一号隔河相望的察汗乌苏河南岸，又发掘了四座中型古墓，同样出土了大量珍贵文物，其中古藏文木简牍、石刻

碑铭的发现，为墓葬年代的定性起到了极为关键的作用。

通过专家对木简牍和碑铭的释读，以及用现代科技对墓葬中的人骨、柏木进行DNA及树木年轮测定，再结合对两次考古发掘出土文物的研究，血渭草原上的这几座古墓所属年代终于有了明确的结论：公元8世纪中期，相当于中原的唐朝。

然而，正是这个时间，反而让对都兰墓葬群的最终定性变得复杂起来。因为，当时至少有两大族属与这块土地有着密切的关系。

首先是吐谷浑，也就是经常在唐朝边塞诗中经常被拿来与汉朝时的匈奴对比，"前军夜战洮河北，已报生擒吐谷浑"中的"吐谷浑"。

虽然在唐诗中被打得到处逃窜，但事实上，吐谷浑是一个极为强悍的部族，历史更是比李唐要悠久得多。

它原本是古代辽东慕容鲜卑族的一支，于公元4世纪初脱离原族，在首领吐谷浑带领下率部迁至今内蒙阴山，后又经陇山，徙居于今甘肃临夏西北及青海东南部等地，并渐次征服了当地的羌、氐等族，实力不断壮大；公元329年，吐谷浑的孙子叶延正式建立政权，并以其祖父之名作为国号及部族名。此后，吐谷浑开疆拓土，极盛时期，东起甘肃东部、四川西北，南抵青海南部，西到新疆若羌、且末，北隔祁连山与河西走廊相接，东西达四千公里，南北达两千公里，疆域极其广大，称霸高原，成为隋唐王朝的一大劲敌。

作为游牧民族，吐谷浑的王城不断迁徙，公元452年，从莫何川，即今海西州乌兰一带，西迁到伏罗川。关于伏罗川的所在，学界至今未有定论，不过，主流观点还是在今天的都兰境内。比如，吐谷浑历史学者程起骏便认为今天都兰县夏日哈乡到诺木洪乡一带应该就是史书上的伏罗川，因为这里的地貌属于柴达木盆地东南部的冲积扇，其间除有一些小丘陵隔阻外，相互有草原、戈壁、流沙、河道相连，是一处相对完整的平川，适于建国。

虽然公元6世纪中叶吐谷浑又将王城迁到位于今天海南藏族自治州共和县的伏俟城，但都兰地区曾经是吐谷浑王国最重要的根据地，甚至于政治经济中心，是确凿无疑的。今天都兰县城以东60公里的香日德镇，镇政府北侧就发现过一座魏晋时代的吐谷浑古城。20世纪50年代，古城的东城墙和部分南北城墙尚在，城外有一道宽达6米的护城河痕迹，城东南还有一座高大的烽火台。专家认为，这就是吐谷浑第八世王拾寅在位时修建的王城。

雄踞高原三百多年后，吐谷浑终于迎来了自己的终结者。公元7世纪初，几乎与李唐开国同时，西藏的悉补野部落在雅砻河谷建立了吐蕃政权，并以惊人的速度开始了对高原的征服。公元663年，吐蕃入青海，灭吐谷浑，尽据其地，统治了一百七十多年。吐蕃亡国后，族人居住在湟水和大通河流域，逐渐与其他民族同化，有专家认为，今天的土族就是他们的后裔。

于是，问题来了：发掘确认，热水沟古墓的年代是公元8世纪，在吐谷浑亡国、吐蕃成为都兰地区的统治者之后。

因此，吐蕃与吐谷浑，究竟谁才是"妖楼"的主人？学界开始争论不休，而且双方都有充分的理由。比如吐蕃说的古藏文木简牍以及大量吐蕃风格明显的殉葬品；吐谷浑说的热水葬制属于典型的吐谷浑风俗，与吐蕃葬俗严重不符，何况吐蕃政权的中心在拉萨，不可能舍近求远把自己的先人葬在数千里外，吐谷浑在王城附近专门择地开辟一处王族陵寝，就像北京的十三陵那样，才更符合逻辑。

热水古墓的两"吐"归属，长期未有定论。直到2018年，血渭草原上另一座古墓的发掘，才令这个神秘墓葬群的真正属性变得明朗起来。

而这次发掘，起因竟然是当年的一桩大案。

"外甥阿柴王"：最后的吐谷浑

2018年8月19日，新华社发布了一篇通稿：在公安部统一指挥部署下，青海省公安机关成功侦破一起盗掘古墓葬案，抓获犯罪嫌疑人26名，追缴被盗文物646件；其中有国家一级文物16件，二级文物77件，三级文物132件，其中绝大部分是金器。

这则消息震惊了整个考古界。更令人不可思议的是，所有的文物都由一个盗洞盗出，来自同一座古墓。

这座古墓同样在都兰热水乡、察汗乌苏河的北岸，距离"九层妖楼"只有两百来米。

盗案发生之后，青海省文物考古研究所联合中国社会科学院考古研究所进行了抢救性发掘。据考古队的韩建华队长介绍，这座古墓被编号为"2018血渭一号"，属于木石结构多室墓，根据对其棚木的年轮测定，年代同样在8世纪中期左右。经过两年多的发掘，清理出了完整的墓园和墓祠建筑基址，其中茔墙、封土、回廊、祭祀建筑、照壁、木门道、照墙等都很清晰；而地下则由墓道、殉马坑、照墙、甬道、墓门、墓圹、二层台、殉牲坑、三层台、砾石层、四层台、墓室等组成，也都已经一一探明。

综合来看，该墓葬的整体形制与文献中吐蕃贵族墓："墓作方形……其内有五殿，四方墓形自此始""在陵内建神殿五座"等记载相吻合。

虽然曾经被盗，但"2018血渭一号"出土的文物仍然极为丰富，有金银器、铜器、丝织品、皮革、绿松石、金箔、海螺等。而其中最重要的收获，是一枚边长仅有1.8厘米的方形银质印章，上面有骆驼纹样以及古藏文。

  藏式墓制与藏文印章，还有藏族风格明显的绿松石、海螺等殉葬物，所有的一切，似乎都令热水墓葬群的属性偏向吐蕃；然而，专家得出的结论却正好相反。

  墓中发现了"外甥阿柴王之印"，根据印章释读可知，这座墓的墓主人是阿柴王，而"阿柴"，正是吐蕃对于吐谷浑的称呼。结合墓葬年代，我们能够确定，这位"阿柴王"就是藏文典籍《贤者喜宴》和敦煌吐蕃经文残卷《阿柴纪年》中所记的"莫贺吐浑可汗"，其母即赤德祖赞在位时期，吐蕃下嫁吐谷浑王的墀邦公主。根据文献记载，吐谷浑亡国之后，除了少数部众内迁到唐朝，大部分还是遗留在青海；虽然被吐蕃统治，但他们被允许保留了自身的建制，而吐蕃为了便于管理，也主动与吐谷浑王室联姻，形成舅甥关系。

  青藏高原地区已发掘的最完整、最清晰、最复杂的王陵就此重现于世，虽然陵墓的主人只是一位被吐蕃统治并开始吐蕃

化的邦国国王。

事实上，20世纪80年代，关于"九层妖楼"等墓葬的性质归属争论时，在吐蕃与吐谷浑之外，便有人认为是吐蕃控制下的吐谷浑邦国。36年后，这种说法终于有了确凿的证据。

当然，这枚印章只能证明其所属的墓葬性质，不能代表所有的热水及都兰墓群。但它的出土，无疑意味着离谜底又近了一大步。至少，它使我们有理由认为，吐蕃统治下的吐谷浑邦国活动区域主要在柴达木盆地，而其王公贵族的陵园还是在都兰。

也就是说，都兰不仅见证了吐谷浑的意气风发，也见证了它的没落与屈辱。

2021年8月，我们来到"2018血渭一号"时，考古已经基本完成，只剩下一些扫尾工作，几个工作人员正在殉马坑里刷土剔泥，小心翼翼地提取最后几具马骨。

我猜想，那应该就是著名的"青海骢"，吐谷浑人精心培育出的宝马。据说这种马体内有青海湖中神龙的精血，日行千里，神骏无比，当年连唐太宗李世民都艳羡不已。

吐谷浑人爱马如命，刑律规定"杀人及盗马者死"。

而现在，它们骨骼凌乱，被重重叠叠地压在夯土下面。

一个渴望驰骋的部族，以这样一种惨烈的形式，向后人展现了自己的禁锢与挣扎。

而随着我们对"吐谷浑"与"青海骢"的凭吊,一条与之密切相关的"青海道"也前所未有地清晰起来。

"吐谷浑道":被严重低估的"青海丝路"

提起丝绸之路,人们第一时间往往都会联想到河西走廊。的确,从汉代以来,那便是中原通往西域最重要的商路。不过,很多人或许不清楚,连通东亚与中亚的丝路其实不止一条,而其中最重要的便是"青海道"。

青海道可分为南中北三线,大致都与河西走廊平行。其北线由甘肃兰州转道西宁,经伏俟城,过都兰,向西北至德令哈、小柴旦、大柴旦,翻越当金山口到达敦煌,并入河西丝路;中线由伏俟城经都兰,西至格尔木,再向西经过乌图美仁、尕斯库勒湖,翻越阿尔金山入新疆至若羌;南线则由伏俟城经都兰,西走格尔木,再往西南的布伦台,溯今楚拉克阿干河谷,翻越阿尔金山入新疆到且末。

因为在吐谷浑的势力范围,青海道也被称为"吐谷浑道"。通常而言,它被视作丝绸之路的辅线,一般都是在河西走廊因为战乱等原因无法走通时,才不得不绕道青海。

不过,随着都兰墓群的不断发掘,人们渐渐开始意识到这条"丝路辅线"很可能被严重低估了,它在交通史上的意义或许不一定比河西走廊逊色太多。

在热水古墓出土的文物中，有相当部分带有浓郁的异域民族风格。以"血渭一号"为例，考古工作者一共发现了130余种丝织品，112种来自中原汉地，其余18种则是中亚、西亚所织造，以粟特锦为最多。另有一件织有波斯萨珊王朝"伟大的光荣的王中之王"字体的织锦，是目前所发现世界上仅有的一件8世纪波斯文字锦，堪称无价之宝。

除了品种众多的异国丝织品，热水古墓还发掘出了大量东罗马金币、波斯萨珊朝银币、粟特银器。更重要的是，这些文物的时间跨度从南北朝直至晚唐，每个时代都有。

这足以证明，那几个世纪，无论河西走廊畅通与否，青海道一直未曾中断。其实文献也有记载，吐谷浑一直在努力维护这条

商路，甚至热情地为东西方商贾做向导。凭借交通优势，这个马背起家的游牧民族很早就学会了经商，行迹远至西域各国、大漠南北及长江两岸。公元533年，一支从北齐返国的吐谷浑商队，规模竟然达到"商胡二百四十人，驼骡六百头，杂彩丝绢以万计"。

也就是说，至少在吐谷浑控制期间，青海道并非备用商道，始终都是丝绸之路的重要干线。作为吐谷浑重镇、青海道北中南三线的必经之地，都兰是东西方贸易的一大中转站。

即使在当代，都兰所属的海西蒙古族藏族自治州，南通西藏，北达甘肃，西出新疆，仍然是青藏高原上一处极为重要的交通枢纽。

然而，又出现了一个问题：既然地理位置如此优越，又是世代繁衍之地、部族陵园所在，在公元6世纪，吐谷浑为何要放弃都兰，将王城迁到伏俟城呢？

答案依然藏匿在热水的古墓里。

柴达木之殇：被吐谷浑人埋入墓里的原始森林

今天看来，这个问题似乎很容易回答：伏俟城距离青海湖不到十公里，北依布哈河，水量充沛，风景秀丽，气候和生态都比都兰要好得多，更适宜居住。

但这实际上只是现代人的感受，至少成吉思汗不会这么认为。

公元 1206 年前后，他出兵中亚时途经柴达木，当地草原的辽阔丰美给他留下了很深的印象；二十多年后，他在灭西夏回师途中再次经过，还是恋恋难舍，遂下令在此驻军屯垦。这就是蒙古族移居青海的开端。可见，都兰所属的柴达木一带，曾经是水草肥润的绿洲。

但成吉思汗绝对想象不到，他所看到的，其实已经是柴达木的植被遭受重创后的景象了。

"九层妖楼"之得名，是因为墓分九层，而每层都铺设有排列整齐的柏木。经测算，这九层柏木合计接近 1000 根，而且直径普遍达到了 60 厘米。

这些柏木都是青藏高原上特有的祁连圆柏，生长极为缓慢，两百年直径只长 15 厘米。

这还只是一座墓葬。都兰境内古墓，墓葬形制大多一致，"血渭一号"这类超级大墓暂且不论，通常小一点的墓葬使用柏木 20 到 30 根，稍大一点的墓葬使用柏木上百根。以平均每座 50 根计算，都兰境内两千多座古墓，至少需要 10 万根柏木。而这些柏木应该都是就地取材。假如一棵柏树的覆盖面积是 5 平方米，都兰一带，至少曾有 50 万平方米的原始森林被吐谷浑人埋到了墓里。（张忠苹《透过吐蕃古墓看都兰的气候变化》）

考古人员还发现，墓葬年代越往后，使用的柏木也越细，说明森林在迅速枯竭。

我又想起了都兰的蒙语本义，"温暖"。我还记得，此行前来，我们走的是京藏公路，过了西宁、湟中之后，路旁风景逐渐荒凉，但接近都兰，树木却骤然增多、增大，眼中所见也似乎越来越绿。

此行，在当地朋友带领下，我们也找到了几片幸存的柏树林，虽然称不上漫山遍野，但也绵延成片，其中不乏数百、上千年的古树。在海拔3500米的芦丝沟，我们甚至发现了一棵胸径达4.1米的超级大柏树。

而"热水"的地名，应该也是因为地下有温泉吧。

都兰古墓群
最后的吐谷浑

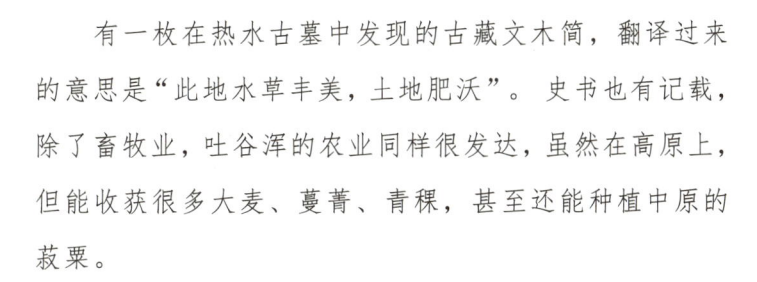

有一枚在热水古墓中发现的古藏文木简，翻译过来的意思是"此地水草丰美，土地肥沃"。史书也有记载，除了畜牧业，吐谷浑的农业同样很发达，虽然在高原上，但能收获很多大麦、蔓菁、青稞，甚至还能种植中原的菽粟。

有足够的证据能证明都兰乃至柴达木盆地，古时候曾经森林密布、溪流潺湲。作为一个走遍草原戈壁的游牧民族，吐谷浑不会选错自己的家园。

但他们最终却亲手毁灭了自己的家园——森林被无节制砍伐之后带来的一系列水土流失、农作物减产等生态恶化问题，才是吐谷浑的王公贵族不得不将王城从都兰迁到伏俟城的真正原因吧。当然，作为祖地与陵园所在，他们去世后，依然还会归葬都兰。

"2018血渭一号"的考古工地上，发掘出来的柏木在角落里堆成了一座小山，看上去质地酥脆而粗糙，带着一种被时间风干的枯槁，但年轮与树皮的纹理依然清晰可辨。

在阿柴王的陵墓中，我见证了一场发生在一千两百多年前对森林的残酷屠杀。

· 253 ·

河山记

后记

本书是我发表在《中国国家地理》杂志上的部分文章合集。人文地理，抑或说，行走散文，在我的写作中占有很高的比例，也已经出版了多部文集，比如《为客天涯》系列、《眼底沧桑》等。但与这些集子相比，本书有所不同。

《为客天涯》等系列的构思，有点类似于"砸现卦"，也就是每段旅程开始时，往往没有很清晰的写作方向，文章的主题，要根据行走中的所见所闻来提炼，而且还可以不断调整，甚至替换。但本书中的每一篇，出发之前，杂志社都明确指定了采写内容。

以桂林为例，我领到的写作任务是喀斯特石窟群。这其实是一个相当冷僻的角度，极易被人忽视，如果是我的个人漫游，它绝对不会比一碗螺蛳粉更令我印象深刻，更不会被列为考察对象。还有三峡，可写的东西数不胜数，

后记

但杂志社为我的限定,是各种形式的军事寨堡。

某种意义上,这本小书的每一篇文章,都是一份对具体问题的实地探访报告。

因此,写作这本书时,我会减少过多的渲染,尽量表述得准确与简洁。

这也是《中国国家地理》杂志社对我的要求。特别要感谢我的编辑雷东军先生,他的耐心与细致,帮我纠正了很多谬误。

还要感谢赵俊杰、魏海峰、耿艺等各位师友慷慨提供图片。

最后提一句,因为篇幅等原因,文章在杂志上刊发时常有删节,此次结集,恢复了原稿。

郑晓锋

2022 年 3 月 3 日于浙江永康